Das Virus schlägt zurück

Verbrechen in Zeiten der Corona Krise

Umschlagsfoto: Hans Will

Viele Menschen dachten im Sommer 2020 es sei vorbei oder behaupteten gar, dass es überhaupt keinen Virus gab. Doch dann schlug dieser mit großer Macht zurück. Impfstoffe wurden entwickelt und konnten Anfangs durch dubiose Methoden der Pharmaindustrie nicht ausreichend geliefert werden. Die Mutanten schlugen zu. Dann klappte es immer besser mit den Impfungen und die Infektionszahlen gingen im Mai zurück.

Vom Autor erschienen oder in Planung:

Späte Zeit des Glücks – Thriller

Ein Leben lang – Roman

Back- und Lachgeschichten - Humor (vergriffen)

Saisonarbeit – Roman

Ende der Weinlese – Fantasy

Todholz – Hatterer Krimi (vergriffen)

Deadly Running – Hatterer Thriller

Never give up – Ratgeber gesundes Leben

Im Wendekreis des Virus – Tatsachen Krimi

Das Virus schlägt zurück – Tatsachen Krimi

© 2021, Haen Son

Herstellung und Verlag: BoD – Books on Demand, Norderstedt
ISBN: 9783754306147

Ist das Coronavirus die Rache des Planeten an die Menschheit? Jedenfalls sind schon über 3 Millionen Menschen in der Pandemie an Covid 19 verstorben. Neue Mutationen aus Brasilien, Südafrika und Indien machen das Virus immer unberechenbarer. In den Köpfen in manchen Teilen der Menschheit scheint sich ein weiterer Virus breitzumachen. Der Lateiner würde stultitia dazu sagen. Man kann es aber auch einfacher mit Dummheit bezeichnen.

Der Kriminalfall spielt in der zweiten und dritten Welle der Pandemie, oder ist es bereits die Vierte. Kein Mensch kann vorhersagen wie es enden wird. Hauptkommissar Arne Hatterer hat es, im beschaulichen Mainfranken, diesmal auf den ersten Blick, mit einer Bande aus Osteuropa zu tun. Ein Toter in Buchbrunn wirft Rätsel auf und ältere Pärchen finden die Liebe und das Glück im Herbst ihres Lebens. Auch im Leben des Kommissars gibt es einige Veränderungen.

Prolog

Der Roman beginnt in der Zeit der höchsten Corona Inzidenzen seit Ausbruch der Pandemie vor knapp einem Jahr. Von einer zweiten Welle spricht niemand mehr. Es ist schon die Dritte. Dazu als Einleitung die Pressemitteilung der Bayerischen Staatskanzlei vom 6. Januar 2021.

„Neue Corona-Regeln in Bayern: Das gilt ab Montag, dem 11. Januar

Ab Montag gelten zusätzliche Einschränkungen für die Menschen in Bayern. Die Kontaktbeschränkungen werden verschärft. Künftig sind Treffen jenseits des eigenen Haushalts nur noch mit einer weiteren Person erlaubt. Das gilt auch für Kinder. In Sachen Kinderbetreuung gibt es dabei aber eine Ausnahme. Familien und Nachbarn können die Kinderbetreuung ab Montag folgendermaßen organisieren: Es sind dann feste "Kontaktfamilien" möglich. Das heißt, dass Kinder (unter 14 Jahren) einer Familie regelmäßig zu einer fest gewählten weiteren Familie gebracht werden dürfen.

Menschen aus Landkreisen mit einer Sieben-Tages-Inzidenz von mehr als 200 Neuinfektionen pro

100.000 Einwohnern dürfen sich nur noch innerhalb eines Radius von 15 Kilometern um ihre Gemeinde-grenze bewegen. Ausnahmen gibt es nur bei triftigen Gründen - touristische Tagesausflüge zählen nicht dazu. Das Einkaufen, der Besuch von Verwandten und Lebenspartnern, sowie der Arbeitsweg sind von der 15-Kilometer-Regel nicht betroffen.

Click & Collect, also das Abholen zuvor bestellter Waren im Einzelhandel, sind ab Montag auch in Bay-ern erlaubt. Unter strikter Wahrung von Schutz- und Hygienekonzepten (insbesondere gestaffelte Zeit-fenster zur Abholung) sowie umfassender Verwen-dung von FFP2-Masken, dürfen sogenannte Click-and-Collect- oder Call-and-Collect-Leistungen – das heißt die Abholung online oder telefonisch bestellter Ware – angeboten werden.

Kindertageseinrichtungen, Kindertagespflegestellen und organisierte Spielgruppen für Kinder bleiben ge-schlossen. Eine Notbetreuung für alle Eltern, die ihre Kinder nicht selbst betreuen können, wird eingerich-tet.

Die Schulen bleiben geschlossen, bis 31. Januar gibt es keinen Präsenzunterricht. Distanzunterricht wird in allen Schulen und Jahrgangsstufen eingerichtet. Eine Notbetreuung wird für Kinder der Jahrgangsstufen 1 bis 6 sowie für Schülerinnen und Schüler der Förder-schulen und Kinder mit Behinderungen angeboten.

Sobald es das Infektionsgeschehen nach dem 31. Januar 2021 zulässt, wird eine Rückkehr zum Präsenzunterricht – nach Jahrgangsstufen gestaffelt – angestrebt, wie es in der Pressemitteilung der Staatskanzlei vom 6. Januar heißt. Die Weihnachtsferien werden nicht verlängert, dafür werden aber die Faschingsferien gestrichen, um ausgefallenen Unterricht wieder aufzuholen.

Die Staatsregierung appelliert erneut an die Arbeitgeber, alle Möglichkeiten auszuschöpfen, um den Beschäftigten Homeoffice zu ermöglichen. Anträgen von Beschäftigten des Freistaats Bayern auf Homeoffice soll grundsätzlich entsprochen werden.

Ab Montag neu: Betriebskantinen werden geschlossen, wo immer die Arbeitsabläufe es zulassen. Zulässig bleibt die Abgabe von mitnahmefähigen Speisen und Getränken ("to go"). Oder wie Marlene Rupisch, die frühere Dienststellenleiterin, zu ihren Kollegen und ihrem Vorgesetzten Hatterer immer sagt: „Togo!"

Für Einreisen aus Risikogebieten nach Deutschland gilt weiterhin die Zwei-Test-Strategie: Bei der Einreise muss ein Corona-Test vorgelegt werden. Dieser Test darf bei Einreise maximal 48 Stunden alt sein oder muss unmittelbar nach Einreise vorgenommen werden. Ein weiterer Test ist für die Verkürzung einer bestehenden Quarantäneverpflichtung am fünften Tag nach Einreise erforderlich.

Im Übrigen weist der bayerische Ministerrat in der Pressemitteilung vom 6. Januar noch einmal darauf hin, dass Reisen in Risikogebiete ohne triftigen Grund unbedingt zu vermeiden seien und dass neben der Test- und Quarantänepflicht eine Verpflichtung zur digitalen Einreiseanmeldung bei Einreisen aus Risikogebieten bestehe.

Die nächtliche Ausgangssperre gilt weiterhin für ganz Bayern. Von 21 bis 5 Uhr ist der Aufenthalt außerhalb einer Wohnung untersagt. In dieser Zeit darf man sich nur aus streng festgelegten Gründen draußen aufhalten: Wegen medizinischer Notfälle, der beruflichen Tätigkeit, der Wahrnehmung des Sorge- und Umgangsrechts, der unaufschiebbaren Betreuung unterstützungsbedürftiger Personen und Minderjähriger, der Begleitung Sterbender, der Versorgung von Tieren oder "ähnlich gewichtigen und unabweisbaren Gründen". Soweit die Pressemeldung der Staatsregierung."

Am 12. Januar wird die erweiterte Maskenpflicht verkündet. In Geschäften und im öffentlichen Nahverkehr muss künftig eine FFP2-Schutzmaske getragen werden, eine herkömmliche Mund-Nasen-Bedeckung aus Stoff reicht dann nicht mehr aus. Das hat das Kabinett beschlossen, wie die bayerische Staatskanzlei mitteilte. Gelten soll diese neue Verpflichtung vom 18. Januar an. Ab diesem Datum gab es wöchentlich, manchmal sogar täglich, permanent Veränderungen der Verordnungen rund um das Corona Virus. Viele Menschen kannten sich nicht mehr aus was gerade zählt und gingen nicht mehr zum Einkaufen. Die großen Versandportale profitierten davon.

In einem Nürnberger Juweliergeschäft wird, einige Wochen früher, ein Alukoffer präpariert und in einem Geheimfach, im kleinen Köfferchen, etwas sehr Kostbares verstaut, das nicht jeder wissen sollte. Anfang Januar sollte dieser dann von einer Sicherheitsfirma abgeholt werden.

Viele Menschen werden im Winter depressiv, fühlen sich schlapp und antriebslos. So auch Hauptkommissar Arne Hatterer. Draußen ist es kalt, grau und matschig. Dazu das lästige Corona Virus. Winter in Mainfranken gilt für ihn immer die scheußlichste Zeit des Jahres und er verfiel regelmäßig in eine Art Winterblues. Heuer viel sie sie durch die gute Laune seiner neuen Lebensgefährtin Isabella aber deutlich niedriger aus. Isabelle lernte er bei einem Urlaub auf der Kanareninsel La Palma kennen. Wo sie in einem großen Touristenbunker als Zimmermädchen und teilweise auch, weil sie der deutschen Sprache mächtig war, auch als Dolmetscherin. Sie verliebten sich und nun ist sie bei ihm im kalten Deutschland. Ihr macht das Wetter ebenfalls zu schaffen. Sie zeigt es aber nicht und versucht den Pausenclown zu spielen. Aber irgendwann wird ihr die Decke auf den Kopf fallen und die Sehnsucht nach Wärme und Sonne wird sie aus Deutschland speziell Kaltensondheim vertreiben. Nomen est omen.

„Kannst du mal von mir runtergehen ich liege irgendwie auf etwas ganz Hartem!" Eva Kraus und Gabriel Dietz wurden von einem Schneesturm überrascht und suchten in einer Scheune Schutz vor dem unwirtlichen Wetter das draußen herrschte. Es war ein kalter Januartag. Der Wetterbericht hatte den Kälteeinbruch erst für den Nachmittag prognostiziert. Es stimmt halt doch nicht immer was die Experten vorhersagen. Beim Versuch sich in der Scheune aufzuwärmen kamen sich die beiden näher. Fast widerwillig und unbeholfen entwickelte sich aus den regelmäßigen Treffen der Beiden eine Liebesbeziehung, die Beide im Herbst ihres Lebens nochmal sehr genossen.

Kennengelernt haben sie sich im Kitzinger Schwimmbad auf der großen Sonnenterrasse. Die beiden Rentner, deren Ehepartner auf dem Friedhof schlummern, kamen sich näher, so auch an diesem Dienstag Anfang Januar. Sie waren für ihr Alter gut in Schuss, wie man es salopp formulieren würde. Im Heu der Scheune wollten sie ein bisschen Spaß miteinander haben, danach ein Taxi rufen das sie zurück nach Kitzingen bringt. Im Frühstücksfernsehen konnten sie am Morgen noch die Bilder aus Washington sehen. Als aus Protest gegen das Wahlergebnis Anhänger des Noch-Präsidenten Donald Trump auf dessen Ermutigung ins Kapitol eindrangen und den Sitz des Kongresses zum Teil verwüsteten. Politiker aus aller

Welt äußerten sich via Twitter zu den Krawallen und bezeichneten sie als "beschämend", "unfassbar" und "verstörend". Fünf Menschen mussten bei den Unruhen am Dreikönigstag ihr Leben lassen. Amerika im Schockzustand. Das ist also das Erbe des schlechtesten Präsidenten, den Amerika je hatte: Ein hasserfülltes, vergiftetes Land, in dem die Gewalt alle paar Wochen eskaliert. Kenosha, Los Angeles, Madison, Minneapolis, nun Washington, eine Spur der gesellschaftlichen Verwüstung.

Nach Evas Ansage, dass er von ihr ablassen sollte, zog sich Gabriel die Hose wieder hoch, half Eva beim Aufstehen, dann streifte er das Heu auf Seite um nachzusehen was ihr da so in den Rücken gedrückt hatte. Zu ihrem Erstaunen kam ein kleiner silberner Alukoffer zum Vorschein. Durch die Leimholzbalken pfiff der Wind. Ein Fensterladen am hinteren Ende der geräumigen Scheune schlug hin und her. Es wurde immer ungemütlicher. „Mir ist kalt!" Gabriel nahm Eva in die Arme und drückte sie fest an sich und gab ihr dabei einen langen Kuss. Scheiß auf das mutierte Coronavirus dachte er dabei. Er war erregt. „Ruf ein Taxi! Dann fahren wir zu dir." „Scheiße, kein Netz!" „Geh doch mal da hinten ein Stück die Leiter hoch und versuche es dort!" Eva, zog ihre Strumpfhose nach oben und trollte sich nach hinten und kletterte die Leiter hoch. Plötzlich übertönte ein Schrei den pfeifenden Wind. Vor Schreck ist ihr das

Smartphone aus der Hand gerutscht. „Da liegt einer!" „Was!" „Da liegt einer, ich glaube der ist tot!" Gabriel stürmte nach hinten. Tatsächlich da lag ein Mann mittleren Alters. In der Stirn hatte er ein Loch, das vermutlich von einem Schuss herrührte. Er war kein Kriminalist, aber es sah so aus. Der Tote war steif gefroren. An den Füßen trug er blau-gelbe Sneakers, sein roter Strickpullover zierte ein glitzernder Weihnachtsmann und an den Beinen trug er eine sexy skinny fit Röhrenjeans. Ein Camouflage-Parka der Firma „Mastino Napoletano" lag neben dem Mann im mittleren Alter. Evas Handy war auf einen Stein gefallen und das Schutzglas war gesplittert. „Scheiße, was ist das für eine Scheiße! Ein Toter, Handy kaputt, mir ist kalt, was machen wir Gabriel?" „Da müssen wir jetzt durch, Taxi kannst ja vergessen, so oder so! Mir müssen den einen Kilometer zum Mainstockheimer Bahnhof laufen egal wie. Da fährt alle Stunde die Mainfrankenbahn nach Kitzingen! Ich wäre dafür, dass wir keine Polizei verständigen. Die stellen nur dumme Fragen und wir frieren uns den Hintern ab." „Nehmen wir das Köfferchen mit, passt der in deinen Rucksack?" „Meinst du wir sollen den mitnehmen? Hast du dein Handy eingesteckt?" „Okay zieh dich an, wir schaffen das! Boah ey ganz schö schwer." Als Eva ihren teuren bordeauxroten Steppmantel zugeknöpft hatte gingen sie los. Zum Glück hatte es Westwind, so hatten sie den Sturm im Nacken. Sie stapften oberhalb des Mainstockheimer Berges, auf dem gerade ein Autotransporter ins Rutschen kam, durch den Schnee.

Die Bahn war pünktlich. 12:57 Uhr saßen sie im Zug und vier Minuten später stiegen sie in Kitzingen auf den Bahnsteig. Sie gingen die Treppe neben dem Bahnsteig hinunter, stellen die Kragen ihrer Mäntel hoch, hängten sich ein und marschierten auf der anderen Seite des Tunnels wieder nach oben. Eva wohnte nicht weit weg vom Bahnhof. Der Sturm hatte sich etwas gelegt. In der heißen Badewanne schmusten sie sich die Kälte vom Leib. Eva sagte zu Gabriel, als dieser ihr gerade den Rücken abrubbelte:" Wenn es zu regnen aufhört und die Sonne wieder durchbricht, dann gleißt es an den Wolkenrändern der Durchbruchstelle. In meiner Kindheit starrte ich in den blendenden Glanz und dachte dann immer, dort oben wohnt Gott. Dieser Glanz, der in den Augen schmerzte, soviel Gold, hinter diesem Glanz der aus dem Wolkenloch bricht!" „Verrückt! Was du alles siehst. Mich erinnert das jetzt an einen Song von Rammstein.", entgegnete Gabriel, der zwar einen heiligen Namen trug aber mit Gott nichts mehr anfangen konnte. Gabriel wollte nach dem gemeinsamen Bad und dem was darauf folgte den kleinen Alukoffer öffnen. Er wusste nur noch nicht wie er das anstellen sollte. *Mir wird schon was einfallen.*

Zur gleichen Zeit saßen in einer großen Wohnung im Hubland Würzburg einige Männer zusammen. Einer fragte ob es sein musste das er ihn gleich erschießen musste. „Wo ist der Scheißkoffer jetzt!" Es klingelte. Durch das Guckloch sah einer der Männer zwei Polizisten. „Da stehen zwei Bullen vor der Türe!" „Frag sie was sie wollen!"

„Was kann ich für sie tun?"

„Es liegt eine Anzeige gegen sie vor, weil sie im Moment gegen die Kontaktbeschränkungen verstoßen!"

„Wer sagt das?"

„Das ist egal, lassen sie uns bitte eintreten!"

„Grüß Gott wir müssen die Personalien von ihnen allen aufnehmen, irgendwann bekommen sie dann Post vom Ordnungsamt!"

Nur widerwillig zückten die vier Männer ihre Pässe und Ausweise. Die Beamten nahmen alles penibel auf, hatten sie doch Anweisung sehr genau alles zu verfolgen. Tja der Staat brauchte Geld in der Pandemie. Sie hat und kostet auch jetzt noch sehr viel Geld.

Kriminalhauptkommissar Arne Hatterer aus Kaltensondheim überdenkt angesichts der Corona Problematik zusammen mit seiner Lebensgefährtin nochmal seine Urlaubspläne. Wandern im Pico de Europa in Asturien und Lavendelblüte in der Provence waren ihre Träume. „Wir könnten doch auch Urlaub in Deutschland machen!" „Sylt ist super! Da wäre ich auch dabei!", sagte Großtante Petra. „Was ist Sylt?", fragte Isabella und spielte dabei mit dem kleinen Delcy, dem Sohn von Arne aus seiner geschiedenen Ehe, hoppe, hoppe Reiter. Großtante Petra erklärte es ihr. Sie würde sich freuen. Krabbenbrötchen und Crémant, haben ihr schon in den Sechzigern dort oben geschmeckt.

An Neujahr hatte es nicht weit weg von ihrer Wohnung gebrannt. Nachbar Herbert Schleret, Mitglied der freiwilligen Feuerwehr, war beim Löschen mit dabei und berichtete voller Stolz, dass die Löschwasserversorgung bei der Brandbekämpfung der großen Feuersbrunst, die einen ganzen Viehstall vernichtete, sehr problematisch war. Der Einsatzleiter sowie der örtliche Feuerwehrkommandant bestätigten das auch übereinstimmend in einem lokalen Fernsehsender. Nachdem mehrere Hydranten, aus denen nach Schätzung des KBI bis zu 4 000 Liter pro Minute entnommen wurden, gleichzeitig angezapft waren, kam die Wasserversorgung ans Limit. Auch eine 35 000 Liter fassende öffentliche Löschwasser-Zisterne reichte nicht aus. Tanklöschfahrzeuge brachten Wasser im Pendelverkehr heran. Also alles in allem keine leichte Aufgabe für die Feuerwehrleute die, trotz des anspruchsvollen Einsatzes, wie immer ihr Bestes gaben. Der Stall war nicht mehr zu retten. Dass die

Feuerwehrleute die beiden angebauten Gebäude, darunter das Wohnhaus der Bauersleute, vor einem Übergreifen des Feuers schützen konnten, grenzt an ein Wunder. Schleret war voller Stolz über den gelungenen Einsatz. Auch die Kühe und Kälber der Familie seien gerettet worden. Mit geschwellter Brust zog er wieder ab. Er erzählte nicht, dass er in der Nähe der Brandstelle, von der pensionierten Dorflehrerin zum Kaffee eingeladen wurde. Er fühlte sich geschmeichelt, als diese zu ihm sagte, dass so starke, gutaussehende Männer wie er auch mal eine Pause brauchten.

Der Schneesturm hatte sich gelegt, draußen fuhren schon die Räumfahrzeuge des Landkreises über die Straßen. Hatterer schaute auf die Uhr, halb drei, da konnte er mit Delcy seinem vierjährigen Söhnchen noch eine Runde mit dem Schlitten drehen. Auch Isabella hatte im Schnee ihren Spaß, zusammen mit Renate Schleret, der Frau von Herbert, baute sie im gemeinsamen Garten ihren ersten Schneemann ihres Lebens, mit Zylinder den Großtante Petra beisteuerte und Möhre als Nase. Isabella war total geflasht. Sie holte ihr Smartphone und stellte das Foto auf ihre Istagod Seite. Wo es dann von ihren spanischen und venezolanischen Followern fleißig gelikt wurde. Petra Danowski dagegen war etwas traurig, ist doch eine gute Freundin von ihr in einem Altenheim in Dettelbach an den Folgen von Corona verstorben. Sie durfte nicht einmal zur Beerdigung. War es am Anfang der

Pandemie in der ersten Welle ein Altenheim in Würzburg, das mit den vielen Toten Heimbewohnern
Schlagzeilen machte, sind es jetzt in der zweiten
Welle Altenheime in Ochsenfurt, Dettelbach und
auch Kitzingen, die mit den vielen Corona Toten auf
die Titelseiten der Gazetten kommen. Nächste Woche
hat sie ihren Impftermin, so ist es jedenfalls geplant.
Am Dienstag reichte der Impfstoff nicht und viele
Impfwillige mussten wieder nach Hause geschickt
werden. 810 Impfdosen wurden bisher im Landkreis
Kitzingen verimpft. Nach vier Tagen Impf-Stillstand
könnte es am Freitag in den beiden Impfzentren des
Landkreises wieder weitergehen, so die Nachricht die
in der Tageszeitung veröffentlicht wurde.

Hatterer und Delcy kommen völlig durchgeschwitzt
zurück. Er freut sich auf seinen Nachmittagskaffee.
Morgen muss er wieder zum Dienst. Der Sprecher im
Radio spricht über Glückgefühle und spielt dabei
Sprachnachrichten von Hörenden ab. Ein Mann erzählt das er sich beim Frühstück nie eine Serviette auf
die Hose legt. Heute tat er das das erste Mal um seine
neue Bekanntschaft beim Breakfast, wie er sich ausdrückte, zu beeindrucken. Das Glücksgefühl stellte
sich bei ihm ein als ein Tropfen von dem Eigelb auf
die Serviette und nicht auf seine Hose tropfte. Hatterer musste schmunzeln.

Gabriel Dietz holte sich am nächsten Morgen bei Ansgar Willinger, einem Autoschrauber par excellence in der Gartenstraße im Kitzinger Vorort Etwashausen, ein Stemmeisen. „Wiedersehen macht Freude!" Der Standardsatz von Ansgar.

Vergeblich. Trotz dem Einsatz seiner ganzen Kraft bekam er das Aluköfferchen nicht auf. Er war handwerklich völlig unbegabt und hatte auch nicht mehr so viel Kraft wie früher. Ob er Willinger fragen sollte. Er konnte den jungen Mann gut leiden. Er mochte ihn, weil er fleißig, ehrlich und in den meisten Fällen auch immer sehr nett war. Aber seitdem er sein Auto verkauft hatte war der Kontakt etwas abgebrochen. Gabriel war froh, dass er im Sommer Eva kennengelernt hatte. Sie schätzten sich, hatten für ihr Alter noch einigermaßen guten Sex. Wobei er, altersbedingt, unter Erektionsstörungen litt. Sein Penis wurde trotz sexueller Erregung und dem Einsatz vermeintlich natürlicher Potenzmittel wie Weizenkeime und Kürbiskernöl, nicht oder nicht lange genug steif, um richtig guten Geschlechtsverkehr zu haben. Eva schaute großzügig darüber hinweg. Sie liebte die guten Gespräche und die ausgiebigen Spaziergänge mit ihm. Sein möbliertes Zimmer hatte er zum 31. Januar gekündigt. Er nahm das Angebot, nach etlichem Zögern, dann doch an, bei ihr einzuziehen. Sie hatte ein schönes Häuschen, es war immer warm und gut kochen konnte sie obendrein. Was wollte er mehr.

Durch irgendwelche Umstände, über die er nicht gerne sprechen mag, war er verarmt. Er bekam eine geringe Rente und hat so ziemlich alle seine Habseligkeiten die er nicht mehr brauchte verkauft. Seit er sich durch regelmäßiges Sporttreiben wieder fit hält, hat sich seine Libido wieder verbessert und beide hatten richtig viel Spaß zusammen. Schau nicht zurück und schau nicht nach vorne, schau auf den Moment in dem du lebst, das war jetzt seine Devise. Eva dachte ähnlich. Sie hatte sich einen Spruch von Cicero, der ihr gut gefällt, ins Badezimmer gehängt: "Habgier im Alter ist eine Narrheit. Vergrößert man den Reiseproviant, wenn man sich dem Ziel nähert!" Das waren halt noch gute Zeiten als man solchen Trödel auf den Flohmärkten kaufen konnte.

Gabriel schob den Alukoffer unter das Bett und wollte am nächsten Tag das Stemmeisen wieder zurückbringen.

„Was ist Cherie, hast du das Köfferchen nicht aufbekommen?"

Eva hatte wieder ihre verführerischen roten Dessous angezogen und weckte Gabriel aus seinen Tagträumen. Sie zog ihn auf das große rote barocke Ecksofa im lichtdurchfluteten Wintergarten. Ganz nach dem Motto: Ein Ottomane ist nicht nur ein dekoratives Möbelstück, man kann auch andere schöne Sachen darauf machen. Sie genoss die Zärtlichkeiten ihres

Liebhabers, den sie in ihr großes Herz geschlossen hatte.

„Moin!" Peter Seltermann, der Verantwortliche für die Asservatenkammer, war der erste dem Hatterer auf der Treppe die hinauf zu seinem Büro führt begegnete. Wie immer hatte er seine Kappe etwas schräg auf dem Kopf sitzen. Mathilda Gamrod und Yogi Weber hielten sich bereits an ihren Kaffeetassen fest. Hundeführer Rudi Weingart betrat das Büro. „Wer geht mit?" Hatterer, der gerade seinen Pelzkragenanorak an den Haken hängte, fragte dann bestimmt. „Wer wo mit hingeht. Weingart nicht immer in Rätseln sprechen!" „Also nachdem gestern Giftköder hinter dem Marshall-Heights-Ring gefunden worden waren, gibt es Arbeit für mich. Eine Frau entdeckte sie, als diese mit ihren drei Hunden spazieren ging. Sie stellte dann Anzeige gegen Unbekannt und hat 500 Euro Belohnung für Hinweise auf den Täter ausgesetzt. Bei den Giftködern handelt sich um blaues Rattengift, das in einzelnen Leberwurststückchen versteckt ist. Die Frau konnte ihre Hunde noch rechtzeitig davon abhalten, davon zu fressen und ist natürlich geschockt und stocksauer. Ich würde mit meinem Schäferhund Yoda hinfahren und es wäre halt nicht schlecht, wenn von euch jemand mitkommen könnte. Yoda sitz." Weingart war ein ausgesprochener Hundenarr er liebte Hunde über alles, an seinem Spinnt hängt ein Spruch von Friedrich II.

"Hunde haben alle *guten Eigenschaften des Menschen, ohne gleichzeitig seine Fehler zu besitzen."*

Die Tür geht auf und Marlene Rupisch kommt herein. Die frühere Chefin der Abteilung hängte ihre ahornrote Softshelljacke von Probi über ihren Schreibtischstuhl, kurzes „Moin". Dann fuhr sie ihren PC hoch und rückte ihre FFP2 Maske zurecht.

„Marlene, könntest du mit dem Kollegen Weingart in die Marshall Heights fahren. Er erklärt dir alles während der Fahrt dorthin. Es geht um Giftköder. Leute befragen und einfach einmal umschauen. Ihr könnt den blauen Oktavia nehmen." Sie schaltete ihren PC wieder aus und sagte in die Runde, „dass sie daran denken sollen, dass morgen mit Aycut Cosgen, der angekündigte Streetworker aus Höchstadt oder kommt er aus Erlangen, egal, kommen würde." „Okay, hatte ich ganz vergessen!" Hatterer wandte sich ab und schaute Weber und Gamrod an. „Bei euch beiden alles im Lot? Wann ist denn jetzt die Hochzeit?" Yogi setzte sich gerade hin und sagte dann, „dass sie noch nicht heiraten werden und auch nicht absehbarer Zeit. Offiziell wären sie kein Liebespaar. Wenn dem nämlich so wäre könnten sie nach der bayerischen Dienstordnung für Polizisten nicht gemeinsam auf einer Wache arbeiten, sie müssten in verschiedenen Dienststellen ihrer Arbeit nachgehen. Ihr wisst doch, Polizei ist Ländersache und jedes Land hat auch spezielle Regeln für Paare im Dienst. Manche Länder/Behörden, so wie Bayern, mögen z.B. keine Ehepaare in derselben Dienststelle. Darum sind wir kein Paar." Yogi gab Mathilda einen Kuss und beide mussten lachen.

Das Telefon auf Hatterers Schreibtisch klingelte. Es war ein Landwirt aus Buchbrunn der aufgeregt von einem Toten in seiner Scheune sprach. Hatterer konnte es sich genau vorstellen wie der Anrufer mit den Armen aufgeregt fuchtelte. „Rühren sie bitte nichts an. Wir kommen sofort! Also wir sind gleich da. Wo sagten sie, ist das genau? Okay. Den Berg hoch und dann die zweite Scheune auf der rechten Seite."

Auch Weingart und Rupisch verabschiedeten sich. „Dann wollen wir mal. Masken auf!!" Weg waren sie.

Hatterer hielt kurz inne. Er dachte nach. „Bitte setzt euere Masken auf, Weber und Gamrod fahren mit, sagt Rudi Bescheid der soll mit Yoda nachkommen!"

„Der ist doch bei den Giftködern!"

„Ach ja stimmt!"

„Kann es sein das du a wenig verwirrt bist?" Stellte Mathilda auf der Treppe beim hinuntergehen fest.

„Passt alles!", war Hatterers lapidare Antwort.

Mit Blaulicht gings durch die kleine Stadt am Main. In zehn Minuten waren sie an der beschriebenen Scheune angelangt.

Mathilda rutsche beim Aussteigen, aus dem neu angeschafften Toyota mit E-Antrieb, auf einer schneebedeckten vereisten Pfütze aus und fiel hin. Yogi half ihr beim Aufstehen. Sie schimpfte wie ein Rohrspatz. „Shit, what a Fuck!" Ihr Knie blutete und ihre großkarierte Iviko Jeans zierte jetzt ein großer Riss.

Hatterer indes war schon vorgeprescht, er hatte es gar nicht mitbekommen, dass seine Kollegin gestürzt war. Der Schafzüchter führte ihn aufgeregt zu der Leiche. Ein eisig kalter Wind wehte ihnen auf dem Weg dorthin um die Ohren. „Hmm glatter Kopfschuss würde ich mal sagen!" „Und zwar aus nächster Nähe!", hörte er Yogis Worte. Mathilda fluchte immer noch. Jetzt sah auch Hatterer ihr Malheur. „Was ist passiert, bist du gestürzt?" „Nach was sieht es denn aus?" fluchte sie weiter. Yogi hatte sich Handschuhe angezogen und durchsuchte vorsichtig die Leiche nach Papieren und sonstigen Hinweisen. Mathilda setzte sich auf eine leere Holzkiste, ihr zitterten noch die Kniee. „Hier zieht es aber auch wie im Affenstall!" Hatterer schaute sich um und leuchtete dabei mit einer Taschenlampe an den Wänden entlang.

„Alle raus jetzt!" Draußen wartete bereits die Spusi auf ihren Einsatz. Die beiden Kollegen von der

Spurensicherung waren angekommen. Hatterer hatte mit den beiden schon öfters bei seinen Einsätzen rund um Kitzingen zu tun. Michele Piazolo hatte italienische Wurzeln, Max Steinegger war ein waschechter Unterfranke. Sie stellten dann ihre Schildchen auf und machten die nötigen Fotos. Ein Rechtsmediziner rückte an und untersucht den Leichnam. Hatterer fiel sein Undercut mit blondem Seitenscheitel auf. Er musste an einen Schauspieler aus den dreißiger Jahren denken. Ihm fiel der Name nicht ein.

Die Sonne kam hinter den Wolken hervor. Hatterer sagte zu seinen Kollegen, dass er zu Fuß nach Kitzingen zurückläuft. „Ich muss nachdenken, das kann ich beim Laufen am besten!" Das einsetzende Tauwetter befreit die Zweige der Bäume zusehends von ihrer Schneelast. Die Wasserkristalle in der Luft bilden im Zusammenspiel mit der Sonne einen kleinen schwachen Regenbogen den Hatterer nur beim genauen Hinsehen zu erkennen glaubt. Kommt jetzt gleich ein Pinguin um die Ecke. Hatterer träumt. Die lauten Motorsägen der Waldrechtler reißen ihn aus seinen Gedanken. Ein Hase hoppelt vorbei. In den Bäumen sonnen sich die Stare. Eine Frau schneidet im Weinberg die Triebe der Reben zurück. Am Himmel eine Boing 777 auf den Weg von Lüttich nach Doha, wie er später auf der Flightradar App, die er auf seinem Handy installiert hat, feststellen wird. Es war ein kleines Hobby von ihm die Flugrouten nachzuverfolgen. Fernweh kam dann bei ihm auf. Am liebsten würde er gar nicht mehr auf die Dienststelle zurückkehren. Ein älterer Herr kommt mit einem Old English Bulldog an der Leine grüßend bei ihm vorbei. Er muss an die Giftköter denken. Der Himmel trübt sich schon wieder ein, was ihm die Rückkehr in sein Büro erleichtert. Kurz vor der Dienststelle bekam er noch ein skurriles Gespräch mit. Ein Mann spricht aus einem stehenden Auto einen Postboten an: "Hey, du warst doch grade bei uns!", der Postbote: "Wo ist bei Ihnen"" - "Ja in unserer Firma" - "Welche Firma" – der Mann im Auto sagt DönEXIM - "Die ist nicht auf meiner Tour, das macht ein Kollege von mir, wieso?" - "Ja aber das Auto war auch gelb und mit Deutsche Post beschriftet" - "Ja, wir fahren alle die gleichen Autos" 😊 - "Ach wirklich, dann sehe ich den morgen!", der Scheibenheber setzt sich in Bewegung und er fährt weiter. Hatterer muss schmunzeln, seine Laune steigt.

Zur gleichen Zeit versuchte Eva das Geheimnis des Köfferchens zu lüften. Gabriel hatte sich bei ihr völlig verausgabt und schlief schnarchend mit offenem Mund auf der Ottomane. Anders als ihr Freund, der es mit Gewalt richten wollte, setzte sie auf Geduld und probierte die gängigsten dreistelligen Zahlenkombinationen durch. Zuerst 123, 000, 111, 222 und so weiter. Nichts bewegte oder öffnete sich. Nach einer Stunde gab sie auf und stellte Wasser für den Nachmittagskaffee auf. Am Morgen hatte sie noch Cookies gebacken, die mit viel Schokolade, wie sie

Gabriel am liebsten mochte. Der ist mittlerweile vom herrlichen Duft des Kaffees auch aufgewacht.

Von den vier Männern, die von der Polizei im Hubland kontrolliert wurden, sind zwei wieder zurück nach Klaipėda ins eiskalte Litauen gefahren. Die anderen beiden, die Brüder Gintanas und Linas Jaskaunas kamen bei einem befreundeten Armenier in Kitzingen unter, dachten sie jedenfalls. In der Wohnung hatten sie nur das nötigste untergebracht. Der Besitzer, eine Wohnungsbaugesellschaft wird sie in einem Monat bei der Polizei melden. Bestimmt mit magerem Erfolg. Mietnomaden halt. Sie hatten das schon öfters so praktiziert. Ohne die Beute konnten sie sich nicht mehr in ihrer Heimat blicken lassen. Eigentlich waren sie so gut wie tot. Wieso waren sie auch so leichtsinnig und haben den Unerfahrensten im Team die Beute vom letzten Bruch in Sicherheit bringen lassen. Bei der Übergabe an den Kurier ist es dann passiert was nicht passieren durfte. Von dem hochbrisanten Inhalt des kleinen Köfferchens, das sie beim Bruch als Beiwerk mitgehen ließen, wussten sie nichts.

Zusammen mit zwei Komplizen waren sie mit zwei Äxten im Rucksack in den Laden gestürmt, mit denen haben sie die Vitrinen zerschlagen und exklusive Uhren und vor allem Panther Ringe von Cartier im Wert von rund 980.000 Euro erbeutet und hineingesteckt. Dabei haben sie mit den beiden Äxten die

Glasvitrinen eingeschlagen um an die Beute zu kommen. Eine Verkäuferin haben sie mit Pfefferspray attackiert. Der Überfall auf den Juwelier in Nürnberg dauerte insgesamt nur 88 Sekunden. Die Beute verstauten sie in einem Alu Köfferchen das auf einem Stühlchen neben dem Seitenausgang stand. Ein Komplize hat während des Überfalls den Eingang abgesichert. Danach sind die vier Männer mit ihrer Beute auf e-Bikes geflüchtet.

Ein paar Wochen vorher, im Dezember, hat die Bande eine andere Vorgehensweise bevorzugt. Den Beamten der Polizei bot sich „ein Bild der vollkommenen Verwüstung". Denn die Litauer Bande hatte nicht nur mit einem Fahrzeug die Ladenfront zerstört, sondern zuvor auch noch die in den Boden eingelassenen Poller entfernt, die verhindern sollten, dass jemand überhaupt mit dem Auto auf den Bürgersteig kommen kann. Nachdem sie in das Geschäft gelangt waren, zertrümmerten sie die Vitrinen und nahmen Uhren und Schmuck an sich. Anschließend flüchteten sie in unbekannte Richtung. Für die Flucht verwendeten sie ein weiteres Fahrzeug. Ihren Rammbock ließen sie an Ort und Stelle zurück. Das Fahrzeug, ein blauer VW Golf, war zuvor in Offenbach gestohlen worden. Die Masche, mit einem gestohlenen Fahrzeug in ein Juweliergeschäft zu rasen, war für die Jungs nicht neu. Im Oktober 2019 waren drei von ihnen maskiert mit einem Auto in das Schaufenster eines Uhrengeschäfts in der Hanauer Goethestraße gerast und hatten Uhren im Wert von mehreren Hunderttausend Euro erbeutet. Im November 2018 hatten sie Schmuck im Wert von rund 300.000 Euro erbeutet, nachdem sie mit einem gestohlenen Auto rückwärts in die Schaufensterscheibe eines Juweliergeschäfts auf der Freßgass in Frankfurt gerast waren. Im März 2018 erbeuteten sie in Wiesbaden mit ähnlicher Masche Uhren im Wert von mehreren Hunderttausend Euro. Zuletzt waren Täter im Oktober 2019 daran gescheitert, beim Juwelier Wampe an der Hauptwache wieder in Frankfurt, mit einem geklauten Fahrzeug einzudringen.

Alleine die 20 Cartier Panthère Ringe, zum Teil mit Brillanten besetzt, die sie beim letzten Überfall erbeuteten waren über 500.000 Euro wert, wenn man sie an die richtigen Leute verkaufen konnte. Die meisten von ihnen hatten 24 Karat, die Augen zierten zwei funkelnde grüne Tsavoriten und ein schwarzer Onyx die Nase. Mit den 2 500 Zweihundert Euro Scheinen hatte der kleine Alukoffer etwa ein Gewicht von 4,5 kg. Die Uhren des Überfalls und die Beute des anderen Überfalls brachten die beiden Komplizen bereits in die Heimat zum großen Boss des Syndikats den so richtig noch keiner von Ihnen getroffen hatte. Sie bekamen die Anweisungen per Kurier, der dann meistens auch die Beute des vorhergehenden Überfalls außer Landes brachte. Wieso es zwischen dem Kurier und ihrem jüngsten Bandenmitglied zum Streit kam wissen die Beiden nicht. Jedenfalls war der Kurier tot und die wertvolle Beute war verschwunden. Es sollte ihr letzter Coup sein, dann wollten sie wieder ins Autoschiebergeschäft, das weniger gefährlich war, einsteigen. Aber daraus wird vorläufig nun erst einmal nichts. Zudem konnten sie nicht ahnen, dass sich in dem besonders präparierten Köfferchen noch etwas weitaus Kostbareres befand, das die Beiden noch in größere Schwierigkeiten bringen wird.

Auch Eva Kraus machte sich Gedanken, wenn gleich auch völlig anderer Art. Das Saphirglas ihres sündhaft teuren Bellparre Smartphones, war ihr ja in der Scheune in Buchbrunn, bei der Entdeckung der Leiche aus der Hand gefallen. Auf dem gefrorenen Boden war das Deckglas gebrochen. Sie muss es nach Belgien zum Firmensitz schicken. Dann zeigt sich ob man es reparieren kann. Der Rahmen ist aus Rosengold gefertigt, die Tasten ebenfalls. Überzogen ist es mit altrosa gefärbtem echtem Krokodilleder. Sie bekam es von ihrem verstorbenen Mann zum 60. Geburtstag geschenkt. Ein in Kitzingen ansässiger Juwelier schätzte es vor einem halben Jahr auf 2.900 Euro.

Gabriel, vor seiner Zeit mit Eva, erfahrener Ebayer, packte das gute Stück sehr gut ein. Gemeinsam gingen sie zu Fuß zur Poststelle in der Inneren Sulzfelder Straße um das Päckchen aufzugeben. „Versicherter Versand?" „Ja!" „Macht dann 15 Euro!" Es war kalt und für die nächsten Tage war noch kälteres Wetter gemeldet. Sie schlenderten wieder gemütlich nach Hause.

Ab heute gelten auch wieder neue verschärfte Corona Schutzmaßnahmen. Darüber machen sich die beiden aber keine größeren Gedanken, sie sind froh, dass sie sich gefunden hatten. Irgendwie immer noch frisch verliebt ist es für beide ein schönes Gefühl mit Schmetterlingen im Bauch wieder Freude am Leben zu haben. Sie machten es sich jetzt im edlen Boxspringbett gemütlich. Die fünfreihige Kapitonierung mit Knöpfen auf dem verbreiterten Kopfteil alles im edlen alten Petrol und vergoldeten stilvollen, schlanken Bettfüßen verliehen dem großen Doppelbett ein luxuriöses Aussehen. Mit ihrem verstorbenen Mann konnte sie in dem Bett nicht mehr einschlafen. Die schlimme Krankheit ließ ihn schnell und doch ziemlich plötzlich sterben. Ob Corona mit im Spiel war wurde nie richtig festgestellt. Das alles ist erst ein knappes Jahr her. Dass sie sich dann wieder so schnell verliebt hatte ist das Wunder des Lebens. Einige „Freunde" haben sich von ihr abgewendet nachdem klar war mit wem sie sich jetzt „eingelassen" hatte. „Das ist doch ein ganz abgefuckter Penner!" war noch der gemäßigtste Satz den sie sich anhören musste. Doch das war ihr egal. Man hat nur dieses eine Leben und das ist in der Regel sehr schnell vorüber. „Wofür es sich zu leben lohnt". Das ist doch die große Frage. Mehr Lebensfreude, bitte! Abkehr von der

Lustfeindlichkeit neoliberaler Verschnitt-Ideologen! Es lohnt sich zu leben und wenn es nur für ein gutes Glas Silvaner ist. Sie machte es sich noch mal schön „Kurz vor Schluss!"

Aycut Coşkun stellte sich beim Dienstbeginn der versammelten Mannschaft auf der Kitzinger Dienststelle vor. „Auf gute Zusammenarbeit! Wie lange werden sie bleiben!" „Geplant sind zwei Tage! Heute werde ich mich erst einmal alleine in der Stadt umschauen!" „Wie sie wünschen, sie haben alle Freiheiten!" Damit war es für Hatterer erst einmal getan. Es gab wichtigeres zu tun.

Gabriel Dietz lebte bisher zurückgezogen in seinem möblierten Zimmer im Neuen Weg. Mit seiner kleinen Rente kam er zurecht, zwangsläufig. Er gönnte sich aber jeden Tag mindestens zwei Stunden Sport zu treiben. Laufen, Radfahren, Schwimmen sind seine Leidenschaft. Er ist fit und gesund. Blutdruck 115/75. Langzeitzucker 5,6 und auch sein Cholesterinspiegel war im Plus. Er verzichtete auf Alkohol, Zigaretten sowieso und zuckerhaltige Ernährung. Dann lernte er Eva Kraus kennen. Sie schenkte ihm Gefühle, die er fast vergessen hatte, dass es diese für ihn noch gibt. Liebe, Geborgenheit, Wertschätzung und viel gemeinsamer Spaß. Im Herbst, hatten sich beide auf Corona testen lassen. Vom Alter her gehörten sie ja zur Risikogruppe. Jetzt im erneuten Shutdown suchten sie keine weiteren Kontakte mit

anderen Menschen, hofften auf einen baldigen Impftermin und ließen es sich soweit es ging gut gehen.
Irgendwie hatte er aber immer noch ein dumpfes Gefühl im Bauch, wenn er daran denken musste wie die
Beziehung mit Eva weitergehen soll. So wie es im
Moment ist, war alles gut. Sie ließ sich nicht anmer-
ken, dass sie es war die die Kohle hatte. Darum fiel es
ihm auch nicht sonderlich schwer zu ihr zu ziehen als
sie ihm das Angebot dazu machte. Zu dem kann sie
einfach vorzüglich kochen. Wenig Fleisch, viel Gemüse, da achtete sie sehr darauf. Heute zum Beispiel
gab es in Stevia karamellisierte Walnüsse mit ange-
schmorten Birnenspalten und zerlaufenem Schim-
melkäse. Dazu Schafmäuli mit einer Vinaigrette aus
Kürbiskernöl, Weißweinessig, ausgelassenem Speck
und gerösteten Pinienkernen obendrüber. Sehr lecker.

In Kitzingen kam es an diesem Tag, auf einem Fir-
mengelände in der August-Gauer-Straße noch zu einem kuriosen Betriebsunfall mit zum Glück gutem
Ausgang. Ein 51-jähriger Arbeiter wurde während
Wartungsarbeiten in einem Sand-Silo, fünf Stunden
teilweise verschüttet. Helfer von Feuerwehr, Techni-
schem Hilfswerk und Rettungsdienst haben ihn später
verletzt retten können. Polizeianwärterin Ramona
Wilke und Polizeimeister Silas Scheck machten das
Protokoll und nicht nur das. Zu einer Anzeige kam es
aber nicht. Fast jeder auf der Dienststelle wusste von
der geheimen und mitunter leidenschaftlichen

Beziehung der Beiden. Seltermann schickten sie schon öfters als einmal vor die Tür der Asservatenkammer.

Hatterer liest den Bericht der Spurensicherung vom Mord in Buchbrunn. Ein Stück dünnes Saphirglas wurde gefunden. Michele Piazolo meinte, dass es von einem sehr teuren Smartphone stammen könnte. Er hat den Scherben zur Materialprüfstelle des bayerischen Landeskriminalamtes geschickt. Sie konnten aber nicht darauf schließen ob es etwas mit dem Fall zu tun hat.

Währenddessen wurde am 12. Januar die erweiterte Maskenpflicht verkündet. In Geschäften und im öffentlichen Nahverkehr muss künftig eine FFP2-Schutzmaske getragen werden, eine herkömmliche Mund-Nasen-Bedeckung aus Stoff reicht dann nicht mehr aus. Das hat das Kabinett beschlossen, wie die bayerische Staatskanzlei mitteilte. Gelten soll diese neue Verpflichtung vom 18. Januar an.

Aycut Coşkun und Marlene Rupisch machten sich auf um die Kontaktbeschränkungen im Kitzinger Stadtpark zu überwachen. Aycut wollte Marlene Problemlösungen aufzeigen. Das Wetter war gut und vor allem ausländische Mitbürger waren im Park unterwegs. Aycut deutete auf eine Gruppe Männer die ohne Mundschutz im Fitness Parcours trainierten. „Am besten gehst du jetzt einmal hin und weist die

Jungs daraufhin das nur zwei Mann mit Abstand auf dem Platz trainieren dürfen!" Es war keine gute Idee von Aycut. „Hau ab Fotze, du hast einem Mann gar nichts zu sagen! Du Figgo* du!", musste sich Marlene anhören. Das war genug. Aycut rannte zu dem Schwarzenegger für Arme hin, zog seine Dienstmarke und sagte zu ihm, dass er sich sofort entschuldigen müsse. Sonst bekommt er eine Anzeige wegen Beamtenbeleidigung. Der Muskelprotz lachte: "Die Pitch ist doch keine Beamtin. Ist Figgo wie du mein Freund. Weißt du und wenn du nicht gleich mit deiner Schlampe verschwindest bekommst du was aufs Maul!" Aycut zögerte keinen Augenblick, er zog aus und knallte seine Faust auf die Brust des Ungeheuers vor ihm. Der Schlag prallte ab. Der Typ lachte und versetzte Aycut einen Haken das er zwei Meter nach hinten auf den mit Kieselsteinen bedeckten Boden fiel!" Die anderen Sportsfreunde lachten. Gerade als der Mann Aycut noch einen Tritt verpassen wollte knallte ein Schuss. Marlene hatte ihre Waffe gezogen und den Bodybuilder in den Oberschenkel geschossen. Die Männer rannten davon. Aycut klopfte die kleinen, nassen Kieselsteine von seinen Klamotten. Der Typ schrie und Marlene rief die Rettung an. Für Marlene blieb es ohne Folgen und Aycut sagte zu ihr Danke und du hättest sagen müssen „Hey Leute verteilt euch bitte noch ein bisschen und ich wünsche euch einen schönen Tag. Aber egal. Ich hätte es dir zeigen müssen. Dafür wurde ich ja von der Bezirksdirektion angefordert." „Alles gut Aycut, bleib halt noch ein paar Tage." Er blieb und machte dabei eine freudige Bekanntschaft mit der Polizeianwärterin Ramona Schick. Magic Mike, wie der Bodybuilder in der Szene genannt wird, wurde nach § 185 StGB wegen Beleidigung mit einer Tätlichkeit angezeigt und zu einem Jahr und acht Monaten Gefängnis auf Bewährung verurteilt. Aycut bekam für den Knockout 1.000 Euro Schmerzensgeld und der Verein zur Erhaltung und Verschönerung des Stadtparks freute sich über eine Spende von 2.000 Euro. Magic Mike war bedient.

Gintanas und Linas Jaskaunas sind in der Pflicht. Der Armenier will es genau wissen. Wieso sie bei ihm angekrochen sind, wieso der eine den anderen erschossen hat und vor allem will er wissen was in der Schatulle war.

Die Beiden saßen bedröppelt auf der Couch. Sie erklärten wie sie es von ihrem Neffen Waldas Aschmoneit erzählt bekamen. Anton Bluvsteinas, der Tote wollte mit dem Köfferchen abhauen. „Waldas sagte ihm sehr deutlich das er da nicht mitmachen würde. Er war der Meinung das sie damit nicht weit kommen würden, zu weit verzweigt war das Litauische Syndikat. Er hat ihn förmlich angebettelt. Doch Bluvi, wie er von seinen Kumpels genannt wurde wollte es durchziehen. Da zog Waldi die Waffe und schoss. Bluvi fiel nach hinten und Waldi hat sich so erschrocken das er davonrannte und mit dem Alfa durch die

Gegend fuhr. Er blieb im Schneesturm hängen. Dann telefonierte er mit uns!" Linas schnaufte tief durch. „Wir sagten ihm er soll Bluvi und den Koffer abholen, wir finden da schon eine Lösung!", haben wir zu ihm gesagt. Doch es war zu spät. Er brauchte zwei Stunden bis er seinen Wagen wieder flott gemacht hatte. Als er dann endlich wieder zu der gottverdammten Scheune kam, sah er schon die Bullen mit ihren weißen Anzügen herumhüpfen. Was sollen wir jetzt machen!"

Dann jammerte Gintanas weiter und erzählte von der Kontrolle durch die Polizei im Hubland. „Ihr seid schon zwei richtig dämliche Typen, euch sollte man gleich erschießen!" Der Armenier lachte. „Ihr könnt ein paar Tage hierbleiben. Wenn ihr wollt kann ich euch nach Armenien vermitteln. Die Möglichkeiten habe ich. Ihr müsstet euch dann halt freiwillig in die Armenische Armee melden. Hartes Brot für euch Weicheier. Oder ihr findet den Koffer, mehr kann ich im Moment nicht für euch tun. Habt ihr gedacht ihr bekommt von mir eine Passage mit der Queen Elisabeth ins gelobte Land." Er lachte, stand auf und holte eine Flasche Wodka." Nastrovje! Auf die Freundschaft!" Die Litauer verzogen keine Mine. Der Armenier schaute die Beiden fragend an. „Wenn ihr euch bei mir länger verstecken wollt, dann kostet das, ich bin kein Wohlfahrtsinstitut. Ihr könnt doch nicht geglaubt haben, dass ich das für euch für ein Buterbrod* mache. Ihr müsst, wenn ihr nicht zur Armee nach

Armenien wollt, um dort Patrouille in den Bergen im Grenzgebiet von Berg-Karabach zu schieben, euch Bargeld besorgen. Ihr wisst doch wie das geht. Überlegt euch wo es im Moment Geld zu holen gibt. In den Geschäften? Scheiß Click and Collect bringt denen nichts in die Kasse. Lohnt sich nicht. Supermärkte, vielleicht wenn ihr es schafft den Geldtransport zu knacken. Juweliere haben geschlossen und ihre Ware im Tresor verschwinden lassen. Da gibt es auch nichts für euch zu holen, obwohl das ja euer Spezialgebiet ist!" Der Armenier lacht um gleich wieder mit versteinertem Gesicht weiterzureden: "Eine Möglichkeit für euch wären dann noch die Geldautomaten. Da braucht ihr aber Festsprengstoff. Ich könnte ihn euch besorgen, aber kostet viele Dram*!" Linas Jaskaunas meldete sich zu Wort, „willst du uns rausschmeißen, wenn uns das Geld ausgegangen ist?" „Ja! Es liegt an euch. Ich habe euch nur die Möglichkeiten aufgezeigt. Ihr könnt euch natürlich auch den Behörden stellen. Deutsche Gefängnisse sollen ja sehr komfortabel sein. Nicht so wie die Verliese in Litauen!"

„Übermorgen will die Gerlinde zum Putzen kommen. Sie macht das jetzt schon seit zehn Jahren bei mir. Sie ist auf das Geld angewiesen. Wir können ja einen ausgedehnten Spaziergang in der Zeit machen!" „Wie lange ist sie da, also wie lange braucht sie zum Saubermachen?", fragte Gabriel. „Mindestens gut drei Stunden, manchmal auch vier, wenn sie die Gardinen wäscht, ich gebe ihr 50 Euro dafür. Sie macht das sehr gut."

Eva Kraus war nicht die Frau die ein ganzen Haus putzen kann und will. Andere Frauen machen und können das. Sie konnte es sich leisten, dass einmal in der Woche Gerlinde Dürnfelder vorbeikommt und die Bude sauber hält. Für den Garten hatte sie einen Gärtner engagiert der auch einmal die Woche nach dem Rechten sah. Gerlinde Dürnfelder war in ihren besten Jahren Beiköchin in der Bundeswehrkaserne in Veitshöchheim gewesen. Dort hatte sie turnusmäßige Amouren und zeigte jüngeren Soldaten wie das so geht und was Frauen gerne mögen. Irgendwann stellte sie dann fest, dass sich kein Soldat mehr nach ihr umdrehte, zudem wurde die Wehrpflicht aufgehoben und die Truppe verkleinert. Da war sie fast Fünfzig. Sie bekam keinen festen Job mehr und schlägt sich seit einigen Jahren mit verschiedenen Putzstellen durchs Leben. Bald kann sie ihre Rente beantragen, die aber auch nicht sehr hoch sein wird.

In einer Tageszeitung wird geschrieben, dass das Coronavirus bereits im November 2019 in einer Probe aus der Haut einer damals 25-jährigen Italienerin geschnitten wurde. Das berichten Forscher der Universität Mailand in einem medizinischen Fachblatt. Damit würde der Erreger deutlich länger in der Welt zirkulieren, als bislang angenommen wurde. Der Landkreis Kitzingen zählt im Moment mit seinen

80 Inzidenzen zu den niedrigsten in Deutschland, was sich aber sehr schnell wieder ändern kann.

Twitter hat das Privatkonto von Donald Trump auf Dauer gesperrt.

„Leute!! Kaltensondheim sind nicht die Kanaren und Kitzingen ist nicht Kitzbühel, aber da müssen wir jetzt durch, egal wie lange es jetzt noch dauert. Im Urlaub tun wir doch meistens das, was wir uns zuhause gar nicht trauen: nämlich nichts! Ich muss ja eh zur Dienststelle. Aber ihr könnt Urlaub auf Balkonien machen. Ihr könnt also genauso gut den Tag ohne schlechtes Gewissen mit seichtem Nichtstun verbringen. Gut frühstücken, spazieren gehen im Schnee, quält den Fernseher oder lest ein Buch. Natürlich müsst ihr euch um Delcy kümmern. Klingt langweilig, aber das würde Delcy bestimmt auch gefallen. Wo geknetet, genascht und gepanscht werden kann, steigt die Laune gleich. Backt einfach mal ein paar Brote. Ich esse übrigens gerne Schokoladenkuchen. Holt euch Sachen im Wald und bastelt mit dem Kleinen!" Hatterer strich Delcy über die Locken. Sein Kindergarten in Westheim wurde geschlossen und da Isabella keinen Job mehr hatte, konnte der kleine Mann auch keine Notbetreuung in Anspruch nehmen. Großtante Petra meinte lakonisch, dass sie das schon hinbekommen. „Jagst du nur deine Verbrecher und mach dir keinen Kopf. Spanien kann warten. Ich schau mir später Holstein Kiel gegen die Bayern an."

Gintanas und Linas Jaskaunas bekamen einen Videoanruf aus der Heimat. Es zeigte ihren Neffen Waldas
Aschmoneit gefesselt, jammernd in einem Keller sitzen. Vom Typ Schwiegermutter-Schwarm war da
nicht mehr viel übrig. Dann eine Stimme, dass sie
noch eine Woche hätten. Linas sagte zu seinem Bruder das Waldi selber schuld ist. „Wir dürfen die Nerven jetzt nicht verlieren, die bluffen doch nur um uns
unter Druck zu setzen!" „Trotzdem wir müssen jetzt
überlegen wie wir zu Geld kommen, ich habe keine
Lust auf Streife in Stepanakert! Denk doch auch an
den Kleinen. Auch wenn er sich bei der Übergabe so
opportunistisch verhalten hatte."

Kelvin Jones Don't Let Me Go erklang in Yogi Webers Radiowecker. Er machte die Augen auf,
schlüpfte unter die Decke von Mathilda und küsste ihr
auf den nackten, mit einem Sonnenstern tätowierten,
Rücken. Nach einer Stunde fragte Mathilda wer zuerst in die Dusche geht. „Ich koche derweil Kaffee!"
„Mach mir eine Late!" „Gerne, aber du hattest doch
schon eine!" „Arsch! War aber eine legitime Nummer!" Beide lachten.
Hatterer nutzte das trockene Winterwetter um in einem längeren Spaziergang von Kaltensondheim in
die Dienststelle zu kommen. Er genoss die frische
Luft, die Ruhe im Wald und später den farbenfrohen
Sonnenaufgang. Die Wolken sahen aus wie Buddhas
Hand. Ein Eichhörnchen kletterte vor ihm auf eine ab-
gestorbene Fichte. Nach eineinhalb Stunden klopfte

er sich die Schuhe ab und ging hinauf ins Büro. Auf der Treppe stieß er mit der jungen Polizistin Ramona Wilke zusammen. „Nicht so stürmisch junge Frau!" Entschuldigung wäre ihr Satz gewesen aber sie rannte einfach weiter. Marlene Rupisch war schon da, als Einzige. „Guten Morgen". „Du hast ja ganz rote Ohren, sag jetzt nicht, dass du von zu Hause hergelaufen bist." Hatterer lächelte nur milde, „Gibt's was Neues?"

Marlene schaute über ihre Lesebrille, zuerst sehr ernst dann gelöst humorvoll. „Ja! Seltermann und Weingart hatte es keine Ruhe gelassen wegen den Giftködern. Sie legten sich trotz der großen Kälte abwechselnd auf die Lauer und Weingart hat dann tatsächlich den Hundehasser auf frischer Tat ertappt, als dieser wieder Giftköder auslegen wollte. Der hat bereits ein umfangreiches Geständnis abgelegt. Da gibt es dann eine Gerichtsverhandlung. Sag aber nichts wegen Holstein Kiel zu Seltermann. Du weißt, dass er ein großer Bayern Fan ist!"

„Wieso haben die Bayern verloren!"

„Hast du es nicht gehört, 6:5 nach Elfmeterschießen. Die Münchner Bayern sind ausgeschieden!"

„Da wird sich meine Großtante aber freuen! Ich habe nichts mitbekommen. Heute Morgen kein Radio und dann bin ich ja von zu Hause hergelaufen. Aber Hochmut kommt halt vor den Fall!"

Gintanas und Linas Jaskaunas streiften derweil durch Kitzingen und schauten sich verschiedene Banken an.

Sie hatten es in erster Linie auf die Geldautomaten abgesehen. Es war kalt. Die beiden froren. Einkaufen konnte man nicht. Click and Collect wäre die einzige Möglichkeit gewesen. In der Dämmerung plünderten sie einen Altkleidercontainer auf der Suche nach wärmeren Klamotten. Sie wurden aber nicht so richtig fündig. Linas nahm einen grauen, an der Seite eingerissenen, langen Steppmantel mit. Auf ihrem Gang durch die Stadt fiel ihnen auch ein altes Steinhaus am Bleichwasen auf. Anscheinend stand es leer, es sah jedenfalls so danach aus, mit den heruntergelassenen Rollläden. Sie beschlossen in der Nacht nachzuschauen. Sie hatten die Schnauze voll, das Gelaber des Armeniers ging ihnen auf die Nüsse. „Er ist doch nur ein dreckiger Pharmastricher und macht auf dicke Hose. Ich weiß noch wie er einmal geprahlt hatte, dass irgendein Potenzmittel an ihm getestet wurde und er einen zwölf Stunden Dauerständer hatte! Arschloch!" „Reg dich nicht auf! Wir schauen uns das Steinhaus an, ich glaube wirklich, dass da niemand drin wohnt." Gintanas war so ins Gespräch vertieft, dass er mit Jelena der Flaschensammlerin zusammengestoßen ist, als er um die Ecke in die Schwarzacher Straße abbog. Er hatte sie mit so viel Schwung angerempelt, dass sie mit ihrem Fahrrad, das sie meistens schob, umgefallen ist. Sämtliche, von ihr gesammelten Glasflaschen zerbrachen. Es waren meistens Bierflaschen die nur 8 Cent am Automaten brachten. Trotzdem. Leute blieben stehen und schüttelten mit dem Kopf. Ein junger Mann half

Jelena wieder auf die Füße. Die ältere Frau war völlig perplex. Die beiden Litauer machten sich aber aus dem Staub, ohne dass sie auch nur ein Wort der Entschuldigung vorbrachten. „Ihr Rüpel!" rief ein älterer Mann und fuchtelte mit seinem Spazierstock. Die beiden Männer schauten sich nicht um und liefen schnell weiter in Richtung Alter Mainbrücke. Sie konnten nicht ahnen, dass der Mann der sich so aufregte den Spitznamen „Goldenes Blatt" trug. Er war der größte Ratschonkel der kleinen Stadt am Main und wusste so gut wie alles was in der Stadt so vor sich ging. Die beiden Männer werden das zu einem späteren Zeitpunkt noch zu spüren bekommen.

Hatterer saß am Schreibtisch und klickte sich durch verschiedene Webseiten, besser gesagt er wollte wissen auf welchen sozialen Netzwerken sich seine Zielgruppe rumtreibt. Er fragt sich, was Menschen dazu treibt, sich in Social Networks zu engagieren und dort Inhalte zu teilen. Wahrscheinlich ist es der digitale Zeitgeist. Er findet einen Text den er für sehr bemerkenswert findet. Es geht um die Solidarität der Gemeinschaft. Ein User hat ein Bild gepostet auf dem Menschen an einem Skilift ziemlich eng aneinander stehen. Darunter steht „Da fällt mir nichts mehr ein!" Es ist nicht ersichtlich aus was für einem Jahr das Bild stammt. Eine Frau schreibt folgendes darunter: "Die Leute hören einfach nicht auf, bis Sie es am eigenen Leib spüren. Das ist so mit vielen Dingen in unserem

Leben. Verantwortung für andere zu übernehmen ist nicht jedermanns Sache! Vor allem dann nicht, wenn einem in der jetzigen Situation selbst kein Nachteil entsteht. Denken wir auch einfach an die Urlauber auf den Kanarischen Inseln, die das Bild von Flüchtlingen, die in einem Urlaubsressort untergebracht wurden, als störend empfanden. Diese Erkenntnis ist traurig und irgendwie entmutigend. *In der Krise zeigt sich meistens wer du bist, so oder so ähnlich geht doch dieser Spruch, oder?* Hatterer lehnt sich zurück, schließt die Augen und denkt nach was für eine Scheißzeit zurzeit herrscht. Aber hilft ja nix, er muss seinen Job machen. *Was ist da geschehen in Buchbrunn? Warum musste der junge Mann sterben?* Er konnte keinen Ansatz finden, auch weil es so gut wie keine Spuren gab.

Mathilda und Yogi kommen gut gelaunt ins Büro und knallen Hatterer ihren Urlaubsantrag auf den Tisch. „Was nächste Woche schon, ihr wisst schon, dass wir heute Freitag haben und der Mordfall in Buchbrunn erst aufgeklärt werden muss!" „Das ist jetzt aber nicht dein Ernst Arne, du weißt so gut wie ich, dass wir da im Moment nicht weiterkommen. Es gibt keine Kamerabilder die wir überprüfen können, es gibt keine Spuren, das Einzige was wir haben ist das zerbrochene Glas des Smartphones. Es gehört übrigens zu einem Bellbarre Edel Smartphone." „Okay, habt ihr die Bilder vom Bahnhof Buchbrunn/Mainstockheim gecheckt? Gibt es noch eine Überwachungskamera im Ort?" Yogi und Mathilda schauten sich fragend an. „Hast du unseren Bericht nicht gelesen!" „Wir haben von Samstag bis Mittwoch die Einstellungen auf dem Bahnsteig gecheckt. Ein älteres Pärchen und ein paar Schüler die im Präsenzunterricht sind, sonst war da nix Richtung Kitzingen in den vier Tagen die in Frage kommen. Die einzige Kamera die es noch gibt ist die am Rathaus. Die ist aber seit Monaten defekt. Bei der Gebietswinzergenossenschaft zwei Kilometer weiter sieht man auch nicht viel. Besser gesagt, gar nichts, weil sie nur den Parkplatz dort im Blickfeld hat." „Gut und wo solls hingehen ihr zwei Turteltäubchen?" Sie lachten Hatterer an: „Echt jetzt, viel geht ja nicht, aber St. Barth in der Karibik ist Corona frei. Wir brauchen nur zwei negative Tests!" „Und die habt ihr natürlich schon gemacht! Okay! Meinen Segen habt ihr! Gute Reise, schönen Urlaub und kommt gesund zurück."

Gintanas und Linas Jaskaunas waren in den vergangenen Tagen nicht untätig. Sie zogen um, nicht ohne vorher dem Armenier klar zu machen, dass sie auf seine Verschwiegenheit zählen. Um sicher zu gehen, dass er dies auch versteht, bog Linas den kleinen Finger, der rechten Hand, des Armeniers solange um, bis dieser mit einem lauten knacken brach. Er schrie wie am Spieß vor Schmerzen, aber das hörten die Beiden gar nicht mehr so richtig, als sie über die Treppe und dem Hinterausgang verschwanden. Ihre neue Base war das Steinhaus am hinteren Bleichwasen neben der Betriebskläranlage einer großen Automobilzulieferfirma. In einer Apotheke kauften sie sich FFP2 Masken die seit Montag wie sie gehört hatten, in Bayern Pflicht wurden, wenn man öffentliche Verkehrsmittel benutzen wollte oder Lebensmittel einkaufen musste. Anschließend fuhren sie am Mittag mit der Bahn nach Rottendorf von dort nach Schweinfurt. Sie marschierten gezielt durch die Kugellagerstadt. Gingen über die Maibacher Straße hinauf in ein Neubaugebiet hinter dem Kleinflurleinsweg und warteten in der Kälte auf ihre Chance. Plötzlich Blaulicht überall. Auf fast allen Straßen in unmittelbarer Nähe ihres Standorts Martinshorn und Blaulicht. Sie duckten sich hinter einem großen Glascontainer. Aber es ging nicht um sie. Nach zehn Minuten wieder Stille. Was die beiden nicht wissen konnten. Im Ankerzentrum Geldersheim kam es zu einem Großeinsatz der unterfränkischen Polizei. Nigerianer gegen Algerier, mit Dachlatten gingen sie aufeinander los. Der Sicherheitsdienst des Ankerzentrums alarmierte die Einsatzzentrale des Polizeipräsidiums Unterfranken und teilte eine Streitigkeit zwischen zwei rund 20 Mann starken Personengruppen mit. Über 50 Polizeistreifen aus Unter- und Oberfranken waren im Einsatz, die Blaulichter konnte man kilometerweit sehen, um den Streit zu beenden. Das hielt die beiden Brüder aber nicht davon ab einen großen, schwarzen SUV und einen silbernen Mercedes zu entwenden und damit nach

Richtung Bamberg zu fahren. Die Ausgangssperre war beiden egal. Sicherlich kam ihnen dabei unbewusst auch der Großeinsatz der Polizei in Geldersheim zu Gute. Die Pressemeldung der Polizei in Bamberg am nächsten Dienstagmorgen war dann folgendermaßen verfasst: „Nach dem Raub in einem Juweliergeschäft am frühen Dienstagmorgen im Bamberger Inselgebiet, laufen die Ermittlungen der Kriminalpolizei Bamberg auf Hochtouren. Umfangreiche Fahndungsmaßnahmen blieben bislang ohne Ergebnis. Die Ermittler bitten Zeugen sich zu melden. Kurz vor 4:45 Uhr knallte ein schwarzer Porsche SUV rückwärts in das Schaufenster des Juweliers am Ende der Marktstraße. Zwei maskierte Personen sprangen aus dem Wagen und schlugen die Vitrinen ein. Die Täter erbeuteten mehrere Schmuckstücke und Uhren deren Wert nach ersten Schätzungen im unteren sechsstelligen Eurobereich liegen dürften, dazu aus der Ladenkasse etwa 2.000 Euro. So jedenfalls die offizielle Version. In Wirklichkeit war es dreimal so viel (Schwarz)Geld. Die Täter flüchteten mit einem größeren silbernen Mercedes, älteres Modell. Den Porsche SUV ließen die Einbrecher zurück. Erste Ermittlungen zeigten, dass beide Fahrzeuge am Abend zuvor in Schweinfurt entwendet worden waren. Die umfangreichen Fahndungsmaßnahmen mit zahlreichen Streifenbesatzungen und einem Polizeihubschrauber mit Wärmebildkamera verliefen ergebnislos. Kriminalbeamte übernahmen vor Ort die Ermittlungen, stellten unter anderem den Porsche sicher und führten umfassende Spurensicherungsmaßnahmen durch. Die Höhe des entstandenen Sachschadens kann derzeit noch nicht beziffert werden. Weiterhin konnten die Kripobeamten in Erfahrung bringen, dass der Fahrer des Porsches, bei der Anfahrt zur Marktstraße, beinahe einen Verkehrsunfall mit einem Rennradfahrer in der Herbertstraße verursacht hat. Dieser Rennradfahrer ist ein wichtiger Zeuge für die Ermittler. Die Kripo bittet um Mithilfe und fragt: Wer hat am Freitag in den Morgenstunden verdächtige Personen und/oder Fahrzeuge im Bereich der Marktstraße/Herbertstraße gesehen? Wer hat gegen 5:45 Uhr den Einbruch in das Juweliergeschäft beobachtet?"

In Hirschaid „stiegen" die Beiden um in einen eingeschneiten Ford Focus. Vorher packten sie die Beute aus. Verpackungen und Schatullen warfen sie in einen Baucontainer. Den Mercedes schoben sie ein Stück weiter, hinter der Stadt, in den vier Meter tiefen Main-Donau-Kanal, wo er ziemlich schnell versank. Über die A3 fuhren sie dann mitten im Berufsverkehr bis nach Aschaffenburg, stellten den Focus auf dem Parkplatz vor dem Südring Sportplatz ab. Dann gingen sie zu Fuß die knapp drei Kilometer zum Bahnhof, um von dort mit der Bahn nach Kitzingen zurück zu fahren. Sie freuten sich tierisch, dass es so gut geklappt hatte.

Herbert Schleret klopfte am Fenster seiner Nachbarn, die gerade beim Abendbrot waren. „Ich mache die Türe auf, es ist Herbert!" „Guten Abend zusammen! Nachdem man ja nur als einzelne Person im Moment in Corona Zeiten, Hallo sagen kann und es eh zurzeit alles so trist ist, habe ich mal eine Pulle Pinot Grigio mitgebracht. Sozusagen als Test. Den gibt es für 1.99 Euro zurzeit beim Discounter!" Großtante Petra rümpfte die Nase, sie war eh den ganzen Tag nicht so gut drauf gewesen. Isabella holte Gläser. „Komm auf den Punkt!", sagte Hatterer und Herbert drehte den Schraubverschluss ab und schenkte ein. Großtante Petra meinte das sie schon was Besseres getrunken hätte, Isabella war der Wein wie immer zu sauer und Arne beschrieb ihn mit einem zögerlichen naja. Dann fing Schleret an: „In dominierender Klarheit gehüllt, entfaltet der gigantische überragend floralaromatische Pinot Grigio ein Bouquet von atemberaubender sensorischer Vollkommenheit, in dem die reichhaltigen Fruchtnuancen Veneziens perfekt eingebunden sind in einem Bündel aus mineralischem Grundton, feiner Kräuterwürze und verblüffender Ehrlichkeit – also ein Wein, der es an nichts fehlen lässt. Mit einem richtig langen Schwanz!" Großtante Petra wachte aus ihrer Gedankenlosigkeit auf und schreit ganz laut: „Wie bitte!! Langer Schwanz! Sie Flegel." Hatterer wollte seine Tante beruhigen und sagte nur, dass Herbert sicher einen langen Abgang gemeint hätte. Sie stand auf, schob mit einem Schwung den Stuhl unter den Esstisch, dass Gläser und Weinflasche verdächtig wackelten und schrie erneut: „Das wird ja immer besser. Gute Nacht meine Herren!" Gekränkt zog sie sich zurück. „Was hat sie denn?" Hatterer lächelte milde und sagte dann zu seinem Nachbarn, dass seine Großtante große Angst vor dem Virus hat und zurzeit etwas verwirrt wäre. Ihr Impftermin diese Woche wurde zum zweiten Mal abgesagt. Arne und sein Gast machten die Flasche leer. „Grüße mir Renate! Bis die Tage."

Der Impfstoff ist knapp in den ersten Wochen des Januars. Auch in dieser Woche sind nur zwei Impftermine in Kitzingen vorgesehen. Als Isabella, die Spülmaschine bestückt hatte, schaut sie nach der Großtante. Die sitzt ganz abwesend in ihrem Zimmer auf der Bettkannte und drückt die Luft aus den Noppen einer Luftkissenverpackungsfolie. Plopp, plopp, plopp. Isabella sagte nichts. Sie machte leise die Türe zu. „Irgendwie verblöden wir so langsam alle!", denkt sie sich als sie die Treppe hinunter zum Wohnraum geht. Schleret ist gegangen und Hatterer nahm sie in die Arme.

Gerlinde Dürnfelder drückte auf den goldfarbenen Klingelknopf. Ein leises summen der Schließanlage. „Kommen sie rauf Frau Dürnfelder!" „Haben sie keine Angst bei der Dunkelheit durch die leere Stadt, bis zu uns raus zu laufen?" Sie zog ihren abgewetzten Mantel aus, hängte ihn auf einen Bügel in der Garderobe und sagte:" Ach wissen sie Frau Kraus, meine

Mutter hat immer gesagt ein Mädchen unter 16 schützt der Staat, wenn sie einmal über 70 sind schützt sie die Natur! Außerdem habe ich ein Pfefferspray dabei." Dabei schmunzelte sie mild und machte sich an die Arbeit. Sie war froh, dass sie diesen Job hatte. Obwohl sie auch lieber was anderes machen würde.

Die beiden Litauer checkten ihre Beute. Es war keine Massenware. Für sie von Vorteil war, dass viele Goldmünzen dabei waren. Die konnten sie gut loswerden. Für den Schmuck sah das anders aus. Sie nahmen Kontakt mit dem Syndikat in Litauen auf. Die wollen einen Kurier schicken, was aber in der bestehenden Corona Pandemie nicht so einfach sei. Ihren Neffen, Waldas Aschmoneit würden sie frei lassen. „Er muss nicht in die Kolonie 100. Seid froh, dass ihr ihm das erspart habt. Schön wäre es, wenn ihr trotzdem noch die Ringe beschaffen könntet!" „Wir geben unser Bestes, aber es wird aber auch immer gefährlicher hier!" „Ihr macht das schon!", hörten sie die sonore Stimme des Oberbosses.

Am Dienstagnachmittag erhielt die Polizeiinspektion Kitzingen Mitteilungen über verdächtige Wahrnehmungen im Zusammenhang mit Kontaktbeschränkungen nach dem Infektionsschutzgesetz. „Scheiß Blockwarte!", hörte man Weingart schimpfen. Im Sickergrundgelände auf dem im letzten Jahr neu eröffneten Kunstrasenplatz trafen dann Rudi Weingart,

Peter Seltermann und einige andere Kollegen insgesamt etwa zwanzig Jugendliche an, die sich trotz Regen, unerlaubt Zutritt zum Fußballplatz verschafft
hatten, um dort ein wenig zu kicken. Die Angetroffe-
nen waren einsichtig. Einige, der dann verständigten
Eltern wussten nichts von der Freizeitgestaltung ihrer
Söhne und seien ob deren Ignoranz angesichts der
hinlänglich bekannten Vorschriften sichtlich enttäuscht oder gar entsetzt gewesen. Vielleicht haben
sie auch nur so getan. Weil die Kinder und Jugendli-
chen das eindeutig beschilderte und befriedete städti-
sche Eigentum betraten, bleibe es überdies der Stadt
Kitzingen vorbehalten, Strafanträge zu stellen. Ein
Vater beschwerte sich darüber, dass nicht mit gleichen Maßstäben gehandelt würde. „Geht doch mal
runter, auf dem Rot-Weiß Platz am Bleichwasen, da
hüpfen dutzende von den Kümmeltürken rum und
sonntags spielen Afghanen gegen Syrer. Ihr Flach-
pfeifen!" „Das ist nicht unser Bier und passen sie auf
was sie sagen, sonst gibt es noch eine Anzeige wegen
Beamtenbeleidigung!" Zur Ehrenrettung der Kicker
vermerkte Seltermann in seinem Bericht, dass sie
keine erkennbaren Schäden an der Einfriedung verursacht hatten, sonst wäre es auch noch Sachbeschädi-
gung gewesen. „Mit so einem Dreck müssen wir uns
herumschlagen, es gäbe Wichtigeres zu tun für uns."
„Beruhige dich Peter!", sagte Hatterer beim Hinausgehen. Was für ein Scheißwetter.

Während ihre Putzfrau ihr Haus auf den Kopf stellte, fuhren Gabriel Dietz und Eva Kraus zum Schwanberg hoch und gingen dort in der traumhaften Winterlandschaft spazieren. Der Regen war oben auf dem Berg in Schnee übergegangen und zauberte eine märchenhafte Schneelandschaft neben den Wegen und Straßen. Sie liefen bis zum Birkensee, auf dem sich eine dünne Eisschicht gebildet hatte. Dann besuchten sie einige Gräber im Friedwald und gingen langsam wieder zurück zum Auto. Gut vier Stunden waren sie auf dem Berg unterwegs. Gerlinde Dürnfelder hingegen passierte dann beim Saubermachen in der Wohnung ein Missgeschick, dachte sie zumindest. Ihr fiel beim Staubsaugen im Schlafzimmer von Eva ein kleiner silberner Koffer in die Hände der unter dem Bett lag. Als sie ihn aufhob, stolpert sie über das Staubsaugerkabel, der silberne Kleinkoffer rutscht ihr aus der Hand, fällt auf die Seitenkante der Längsachse und springt auf. Geld und Schmuck fallen heraus. Im ersten Moment ist sie geschockt. Sie muss sich auf die Bettkante setzen. So viel Geld hatte sie noch nie gesehen. Dann überlegt sie eine ganze Weile.

Sie kam zu dem Entschluss, das Geld nicht mehr in das Köfferchen zurück zu legen. Sie ging davon aus, dass hier etwas Ungesetzliches im Gange ist. *Da ist doch etwas oberfaul. Der Typ war mir schon immer suspekt.* Zu Hause beim nachzählen wird sie feststellen, dass es eine halbe Millionen Euro sind, die sie da aus dem Koffer genommen hatte. Die goldenen Ringe beachtete sie gar nicht weiter. Sie packte diese wieder in das Köfferchen und schob ihn wieder, ein bisschen weiter nach hinten, unter das Bett. Dann verstaute sie das Geld in ihre Tasche, die Tageszeitung, die sie immer mit nach Hause nehmen durfte legte sie darüber. Sie wartete nicht mehr auf Eva und Gabriel. Auf die 50 Euro Hungerlohn konnte sie jetzt für heute verzichten. Ob sie wiederkommt, muss sie sich erst überlegen. Sie war sehr durcheinander und konnte keinen klaren Gedanken fassen. Mit ihrem alten Motorola Handy rief sie sich ein Taxi und ließ sich nach Hause chauffieren. „Kleiner haben sie es nicht?" „Machen sie 10 Euro!" „Danke wäre jetzt nicht nötig gewesen!" Der ältere Taxifahrer war ihr sehr sympathisch und sie fragte ihn nach seiner Handynummer. „Es kann sein, dass ich sie jetzt öfters brauche. Sie müssen halt verschwiegen sein und niemand etwas erzählen, das möchte ich nicht." „Rufen sie einfach an! Ich bin verschwiegen wie ein Grab." „Sterben müssen sie nicht deswegen!" Gerlinde musste lachen. Der Taxler war ihr sympathisch.

Marlene Rupisch die es sich zur Angewohnheit gemacht hatte, jeden Tag eine kleine Runde im ehemaligen Gartenschaugelände zu laufen, schloss dort eine Bekanntschaft mit Gabriella Albers. Eine drahtige Frau Anfang der Sechzig, deren stets gute Laune wirkte auf Marlene ansteckend. So kamen sie dann auch immer mehr ins Gespräch und Marlene erfuhr, dass Gabriella bis vor ein paar Monaten ihren todkranken Ehemann jeden Tag im Pflegeheim besuchte und dort auch gepflegt hatte. Sie war fast ein halbes Jahrhundert Sekretärin in einem Frauenkloster und genoss jetzt ihren Ruhestand. Marlene fand durch den permanent ausgestrahlten Optimismus der Frau wieder ins Leben zurück. Auch sie ließ die Hosen runter und erzählte ihre Geschichte und davon, dass sie von Männern in der nächsten Zeit die Nase voll hatte. Sie lebte früher in Amberg mit ihrem Mann, der sich aber in eine andere Frau verliebt hatte. Böse Kollegen fädelten eine scheinbare Ermittlung so ein, dass sie ihren Mann bei einem Schäferstündchen erwischen musste. Sie ließ sich scheiden und trat dann die freiwerdende Stelle in Kitzingen an. Hier fiel sie auf einen Romeo der besonderen Güte herein, verriet Polizeigeheimnisse und ruderte im allerletzten Moment zurück. In Notwehr musste sie dabei noch einen Mann erschießen. Heute waren beide bei einem Nachbarn von Gabriella zum Kaffeetrinken eingeladen, es gab leckeren Schmand,- Mohn- und Marmorkuchen. Ethelbert war ein sehr netter Mann, der sich von nun an öfters den beiden Frauen anschloss um mit Ihnen eine Runde spazieren zu gehen. Gabriella flirtete gerne mit ihm und sie flachsten herum. Die Jugend des Alters halt.

In Russland und anderen Ländern der früheren Sowjetunion feiern Gläubige das Fest der Epiphanie der Taufe Jesu. Sie waschen sich mit einem Bad im Eiswasser am orthodoxen Dreikönigstag, dem 19.

Januar, symbolisch von ihren Sünden rein, nachdem sie von Priestern gesegnet wurden. Obwohl Minusgrade herrschen, wird die Tradition immer beliebter. Viele begehen das Ritual wohl auch als Mutprobe. Gintanas und Linas Jaskaunas hatten zwar keinen Priester, aber kaltes Wasser. Sie stiegen am Ende des Wohnmobilstellplatzes am Bleichwasen in Etwashausen, nur wenige hundert Meter von ihrem neuen zu Hause, in die eiskalten Fluten des Main und schwammen mit anderen Russen, die sich jedes Jahr hier versammeln einige Meter. Das Wetter war regnerisch und es wehte ein eiskalter Wind. Nach dem Baden gab es Buterbrod, Kotletka* und Wodka, der nach einem Urteil des Verwaltungsgerichts in Regensburg wieder in der Öffentlichkeit getrunken werden durfte. Bei so einem Treffen, deren Teilnehmer über eine große WhatsApp-Gruppe benachrichtigt werden was es an Aktivitäten gibt, werden Kontakte geknüpft und viele russische Traditionen gepflegt, vor allem die Sprache.

Noch mindestens vier Wochen Lockdown. Bis Mitte Februar bleibt alles dicht. So der Beschluss der Ministerkonferenz an diesem Tag.

Joe Biden wird als neuer US-Präsident vereidigt.

Renate Schleret ging spazieren und traf im Dorf Großtante Petra. Eigentlich verstanden sich die Beiden nicht besonders gut. Seis drum, sie gingen die paar Schritte zusammen in Richtung nach Hause. Es herrschten heute angenehme Temperaturen, ja fast schon frühlingshaft. Auf die vorgeschriebenen ein-einhalb Meter Abstand brauchten die Beiden nicht zu achten. Wie gesagt sie konnten sich nicht so besonders gut riechen. Petra polterte auf Kölsch los: „Ehr Herbert es ija a janz schön Bengel, gester ovend erzählte hä dat hä ein lange Stätz hätte!" Renate Schleret verstand nur Bahnhof und antwortete „Ja, ja. Aber Hauptsache ist doch, dass ihm das Zitronenmousse einmal in der Woche schmeckt." Zitronenmousse war die Lieblingssüßspeise von Herbert. Böse Zungen behaupten, dass die Beiden nur noch deshalb zusammen wären.

Gute Nachrichten für Flaschensammlerin Jelena Soloverva. Das Flaschenpfand soll es jetzt bald auch für Saftflaschen geben. Das es dies für Milchflaschen nicht geben wird, dafür sorgte die starke Milchlobby. Eigentlich ein kleiner Skandal. Aber so ist das halt in der Politik. Wenn es nur die Milchflaschen wären.

Die Polizei tappte im Dunkeln. Für den Raub beim Bamberger Juwelier gab es keinerlei Hinweise. Der fast angefahrene Rennradler hatte sich zwar gemeldet, doch er war ohne Brille unterwegs, weil diese, wenn er Schutzmaske trug immer anlief. Da er stark kurzsichtig ist konnte er nicht einmal das Auto der Täter richtig beschreiben, geschweige denn die Autonummer erkennen.

Auch Hatterer kam mit dem Mordfall in Buchbrunn nicht weiter. Die Identität des Toten war zwar geklärt. Doch es fehlte der Zusammenhang zu irgendetwas. Litauer gut, aber mehr war über den jungen Mann nicht bekannt. Anton Bluvsteinas war ein völlig unbeschriebenes Blatt und es gab keine Akten oder Einträge bei den einschlägigen Ämtern über ihn.

Eva Kraus liebte es am Morgen von ihren Gabriel verwöhnt zu werden. Gabriel wusste was er zu machen hatte um seine Eva zum Höhepunkt zu bringen. Anders als andere Männer richtete er nach der Morgenliebe das Frühstück. Es gab frisch gebrühten Kaffee, Müsli mit frischem geriebenem Ingwer und Kurkuma. Fünf-Minuten Eier und getoastetes Brot, das sie von einem Bäckermeister bekommen, der seine Rente mit dem selbstgebackenen Brot aufbessert. Es war ein speziell für Senioren gebackenes Stoffwechselbrot gebacken aus Sauerteig, Roggenvollkornschrot, Dinkelvollkornmehl, Weizenkeime, Flohsamenschalen, Haferkleie und einer Gewürzmischung aus acht edlen Gewürzen.

In Unterfranken sind aktuell, am Freitag 22. Januar erst 1,8 Prozent der Bevölkerung gegen das Coronavirus geimpft. Großtante Petra schimpfte am Frühstückstisch: „Dat sein solche Schlafmützen en d'r Politik. Isch kann et effe net kapeere wieso der esu beßje Impfstoff bestallt han."

Hatterer hörte gar nicht mehr hin. Trotzdem machte er sich um seine Erbtante Sorgen. Isabella und Delcy hingegen brachte aber die Pandemie näher. Gerade in dem Alter in dem der Kleine jetzt ist, konnte jeder sehen, der es sehen wollte, dass der kleine Mann richtig aufblühte. Zuerst hatten Petra und Arne Bedenken, wenn der Kleine zu Isabella Mutti sagte, aber jetzt in der Zeit sahen sie es ein, dass es das Beste für Delcy ist. Isabella war eine gute Mutti, sie wünschte sich aber selber auch noch ein eigenes Kind. Hatterer wollte das nicht, er sei mit seinen 56 Jahren einfach zu alt, war seine Meinung. Tante Petra sagte vor kurzem zu ihm. „Arne do muß de dir wat bejribbele. Isch kann Bella jood kapeere Dat se noch a Ditz han möch."

Er machte sich dann fertig. Wetter war gut, 10 Grad. Da machte ihm der Morgenmarsch nach Kitzingen großen Spaß. In Kitzingen angekommen traf er in der Herrnstraße die Obermeisterin der Friseur-Innung Kitzingen. Sie warnte im kurzen Gespräch, dass es für viele Kollegen um die Existenz gehe. Weitere Verlängerungen des Corona-Lockdowns würde für viele das Aus bedeuten. Für ihn kein Thema. Isabella rasierte ihm, wenn die Haare zu lang wurden, den Schädel kahl. Der ältere Herr mit dem Old English Bulldog begegnete ihn wieder am Marktplatz. Ihm kam es so vor als hätte er eine längere Leine ans Hundegeschirr angehängt. Am Main ließen Jungs, auf die anscheinend niemand aufpasste, flache Steine über das Wasser ditschen. In Franken sagt man Wasser-männli dazu. Er muss an seine Kindheit denken.

Auf der Wache dann die Meldung, dass im Rahmen einer Schleierfahndung in der Nacht eine Zivilstreife der Verkehrspolizei Kitzingen auf der A 3 einen Pkw kontrolliert hatte. Der Fahrer versuchte sich der Kontrolle zu entziehen und verließ an der Anschlussstelle Geiselwind die Autobahn. Er konnte schließlich in einem Wohngebiet in Wiesentheid gestoppt werden. Im Auto saßen zwei rumänische Staatsangehörige im Alter von 21 und 40 Jahren. Darüber hinaus stießen die Kollegen im Fußraum unter dem Fahrersitz auf zwei kleine Welpen der Hunderasse „Malteser"*, die augenscheinlich erst wenige Wochen alt waren. Die Hunde seien Ihnen vor der Abfahrt geschenkt worden, logen die beiden im gebrochenen Deutsch. Papiere für die Tiere hatten sie nicht bei sich. Da war das Misstrauen der Kollegen der Autobahnpolizei geweckt. Sie nahmen das Auto nun genauer unter die Lupe und stießen auf acht weitere Welpen. Die Tiere wurden sichergestellt und mussten den Rest der Nacht in der Zelle im Polizeiareal in der Glauberstraße Kitzingen verbringen. Kollege Rudi Weingart besorgte für die wenigen Stunden, wo sie dort verweilen mussten, Futter und gab den kleinen, süßen Welpen Wasser. Sie wurden am nächsten Morgen dem zuständigen Veterinäramt übergeben und dann in ein

Tierheim weitergeleitet, wo ihre ordnungsgemäße Versorgung sichergestellt ist. Rudi Weingart sagte dann zu Hatterer, als dieser sich nach den Welpen erkundigte, dass zum derzeitigen Stand von einem illegalen Welpen Schmuggel auszugehen ist. „Gegen die beiden Osteuropäer haben wir jeweils ein strafrechtliches Ermittlungsverfahren wegen Verstößen gegen das Tierschutzgesetz sowie das Tiergesundheitsgesetz eingeleitet. Viel bringt das ja nicht, ihr Anwalt ist schon im Anrollen!" Da die Beiden aber auch keinen aktuellen „COVID-19-Negativtest" zur Einreise ins Bundesgebiet vorweisen können, bekommen sie ein Bußgeldverfahren wegen einem Verstoß gegen das Infektionsschutzgesetz hinzu. „Wir werden sie nur gegen eine Kautionszahlung von 1.000 Euro für jeden freilassen. Da kann sich ihr Anwalt auf den Kopf stellen und mit den Füßen wackeln." Schleret lachte und verabschiedete sich.

Kollegin Marlene Rupisch war bereits im Office anwesend. Sie war heute wohl aus Versehen freundlich. Irgendwie hatte das die Falten aus ihrem Gesicht gefressen. „Bei der Firma Bellparre habe ich eine Liste der Mainfränkischen Kunden angefordert. Wurde aber aus Datenschutzgründen abgelehnt!" Hatterer runzelte die Stirn und zog die Lasche einer Ingwershot Dose auf und trank diese leer. Dann meinte er, dass er bei den holländischen Kollegen um Amtshilfe nachfragt.

Die Welpen werden abgeholt, der Anwalt der Rumänen ist gekommen. Seltermann kassiert die Kaution und die beiden Osteuropäer ziehen lächelnd ab. Sie werden es wieder machen. Zuviel Geld wird mit dem illegalen Handel von Hundewelpen verdient.

Der Kitzinger Oberbürgermeister postet in Facebook ein Bild und schreibt darunter: „Nein, ich habe nicht bei Eintracht Frankfurt unterschrieben. Dafür durfte ich heute den Kaufvertrag für den Kitzinger Bahnhof unterschreiben! Der Dank gilt den lokalen Investoren, die intern Druck gemacht und so den Verkauf an die Stadt angeleiert haben. Dank gilt auch den Stadträten, die in der Sitzung gestern grünes Licht gegeben haben. Und natürlich gilt es auch meinen Mitarbeiterinnen und Mitarbeitern der Stadtverwaltung zu danken, die mit Hochdruck an dem Vertrag gearbeitet haben. Bis wir jetzt die Schlüssel bekommen, dauert es zwar noch ca. 4 Wochen, aber die Zeit gilt es zu nutzen. Jedenfalls haben wir jetzt die Möglichkeit Bahnhof und Umfeld zu gestalten!" „Zeit wird's dachte Hatterer, „da laufen ja schon die Ratten durch den leeren Wartesaal!" In einem anderen Post einer Zeitung liest er dann folgendes: „Die Bundesregierung hat für 400 Millionen Euro 200 000 Dosen eines neues Corona-Medikaments auf Antikörper-Basis gekauft. Es soll ab nächster Woche zunächst in Uni-Kliniken eingesetzt werden, so Bundesgesundheitsminister Jens Spahn. Der frühere amerikanische Präsident Donald

Trump soll mit diesem Mittel seine Covid Infektion gut überstanden haben." „Na super es geht voran."

Den beiden Litauern war das alles egal. Für sie gab es kein Covid. Sie fuhren mit der Bahn nach Frankfurt um ihren Neffen Waldas Aschmoneit abzuholen. Er war der Kurier und sollte die Bamberger Beute abholen. So war der Deal. Das Geld konnten sie behalten. Von der Botschaft die Waldas mitbrachte, erhofften sie sich, dass sie wieder zurück nach Klaipėda kommen könnten. Doch in der Botschaft stand nur, dass sie die Panter in den Zoo zurückbringen sollten. Sie sollten das komplette Köfferchen finden und liefern.

Aber wie sollten sie das anstellen. Waldas wollte in einer Stunde mit der Bahn über Berlin nach Rostock und von dort mit der Fähre zurück nach Hause fahren. Seine Onkel nahmen ihn auf die Seite. „Du erzählst uns jetzt nochmal alles von Anfang an und keine Story mehr. Wir glauben einfach nicht das du Anton erschossen hast. Du kannst das gar nicht!" Waldas zögerte, dann sprudelte es aus ihm heraus wie aus einem Wasserfall. Er stotterte heraus, dass sie wie vereinbart, den Koffer aus dem Schließfach holten. Als sie in Nürnberg in den BMW stiegen, hätte er schon ein komisches Gefühl gehabt. „Wir stellten dann fest, dass wir verfolgt werden. No Panik, sagte Anton. Er fuhr sehr schnell. Wegen eines Staus, fuhr er einige Ausfahrten vorher, ich glaube es war Schlüsselfeld, weiß das aber nicht mehr, ich war so entsetzlich aufgeregt und hatte Angst, vom Highway ab. Wir konnten die Verfolger nicht gleich abschütteln. Doch dann schien es so als ob wir sie abgehängt hätten. Irgendwo bog er dann scharf ab. Es ging einen Berg hinauf. Wir rutschten, es war glatt und es schneite noch. Er fuhr zu einer Scheune und dort versteckten wir uns. Er versteckte das Köfferchen in einem Strohhaufen und sagte, dass wir es später holen. Er hatte auch irgendwie Schiss. Ich musste zum pinkeln und ging hinten aus der Scheune heraus. Dann kam ein schwerer Land Rover oder sowas Ähnliches den Berg hoch. Es war zu spät um zurück in die Scheune zu gehen. Was im Inneren passierte habe ich nicht mitbekommen. Ich hörte einen Schuss. Ich rannte zum Auto und fuhr über einen Betonweg davon. Ich hatte voll die Panik. Wahrscheinlich hatten wir einen Peilsender am Auto!" „Konntest du die Nummer des Fahrzeuges sehen? Und warum hast du uns angelogen?" Waldas schaute auf den schneebedeckten Boden, er musste wegen des starken Windes blinzeln. „Ich habe keine Nummer gesehen, ich hatte Schiss und hätte mir vor Angst fast in die Hose gemacht. Ich wollte nicht als Feigling dastehen, darum habe ich gesagt, ich hätte ihn kaltgemacht!"

„Du hast dann tatsächlich den Land Rover abgehängt? Oder wie war das dann?" – „Ich habe gewartet bis der Land Rover wegfuhr. Ich bin dann nicht auf der Straße weitergefahren, sondern auf einem

Betonweg, ohne Licht, es war ja Vollmond. Dann habe ich mich ja festgefahren und den Rest kennt ihr ja!"

„Dann haben die Verfolger von euch den Alukoffer auch nicht gefunden, wie es scheint. Die haben mit Sicherheit einen Peilsender an euer Auto in Nürnberg gehängt und konnten euch verfolgen bis zur Hublandwohnung. Seid ihr denn zu zweit zum Schließfach gegangen? Normal bleibt immer einer am Auto. Okay! Schau zu das du weiterkommst, sonst verpasst du noch deinen Zug. Grüße uns die Heimat!" Sagte Linas wehmütig. „Aa!! Wo ist der Schlüssel des BMW?"

Sie konnten sich vorstellen wer der Täter ist. Johannes Wahl, ein untergetauchter, ehemaliger Kollege aus dem Türsteher Milieu vergangener Zeiten. Wegen Drogen- und Alkoholmissbrauch bei der Arbeit entlassener und mittlerweile zum kaltblütigen Auftragskiller mutierter Mann, der eigentlich im Leben nichts mehr zu verlieren hatte. Er könnte es sein. Sicher waren sich die Brüder allerdings nicht. „Er soll auch für italienische Auftraggeber gearbeitet haben!" „Wer sagt das?" fragte Linas seinen Bruder. Er habe sowas gehört. Solche Nachrichten sprechen sich in einschlägigen Kreisen schnell herum. „Das ließe sich aber herausfinden". Unterdessen im Radio die Meldung: „Die 15-Kilometer-Grenze für Bewohner in Corona-Hotspots gilt in Bayern ab sofort nicht mehr. Der Bayerische Verwaltungsgerichtshof setzte die

Regelung im Eilverfahren vorläufig außer Vollzug.
Bestätigt wurde indes die FFP2-Maskenpflicht."
„Weißt du was das bedeutet?" Gintanas schaute Linas
fragend an. „Wir können nach Wunsiedel fahren, da
ist doch dieser Johannes Wahl zu Hause!" „Bist du dir
da so sicher? Was machen wir, wenn wir ihn gefunden haben?" Linas lachte und meinte, dass sie ihn
dann durch den Fleischwolf drehen. „Da habe ich
aber ein ganz komisches Gefühl dabei!"

Die digitale Zukunft beginnt in Kitzingen. Wirt-
schaftsförderin Monika Larson und Investment-Com-
pany-Inhaber Henning Lanz wollen es voranbringen.
Geplant ist im Innopark einen Mainfranken-Valley-
Technologiekontor zu errichten. Dann macht ein Kitzinger Bestatter eine beunruhigende Entdeckung.
Henning Lanz liegt tot in einem Sarg bei einem weiteren Toten in seinem Leichenwagen. Er hatte einen
Termin für eine Feuerbestattung in Giebelstadt. Der
Bestatter wird von Hatterer und seiner Truppe als der
Hauptverdächtige festgestellt. Aber auch ein Start-
up-Gründer und Mitglieder einer Bürgerbewegung
die gegen das Mainfranken-Valley-Technologiekon-
tor sind, stehen unter Verdacht. „Close to the edge!
Has that to do with the other murder!" Marlene
schaute Hatterer sorgenvoll an: "Wieso quatscht du
englisch? Warst wohl zu lange beim Mondscheinfloa-
ting mit deiner Isabella?

Johannes Wahl war in Wunsiedel für die Beiden nicht
zu finden. Die Litauer fuhren mit dem BMW wieder
nach Kitzingen zurück und schafften es vor der Ausgangssperre in ihrer provisorischen Wohnung zu sein.
Vor ihnen bog ein Streifenwagen der Polizei auf einen Radweg ein. Besetzt war er mit Polizeimeister
Silas Scheck und Polizeianwärterin Ramona Wilke.
Sie kamen beide mitten in der Coronakrise im letzten
Jahr zur Polizeidienststelle von Kitzingen. Seitdem
sorgen sie dort für Ruhe und Ordnung und noch ein
bisschen mehr. Manchmal auch für richtig große Un-
ruhe, zumindest trifft das für die schwarzhaarige
Ramona zu. Silas Scheck war verheiratet, was ihn
aber nicht hinderte mit seiner jungen, gutaussehenden
Kollegin ein Liebesverhältnis anzufangen. Linas Jaskaunas ging nochmal vor die Tür um eine Zigarette
zu rauchen. Sein Zwillingsbruder konnte es nicht leiden, dass in der Wohnung geraucht wurde. Ungewöhnlich für Zwillinge, aber so war es nun mal. Es
war ungemütlich draußen. Starker Graupelschauer
ging über ihm herunter. Er ging ein paar Schritte und
dann fiel ihm der Streifenwagen auf.

Sie hatten die einfachere Variante gewählt und ver-
gnügten sich auf dem Beifahrersitz. Es stört kein
Lenkrad. Der Sitz war ganz nach hinten geschoben.
Sie hatte mit weit auseinander gestreckten Beinen
Platz genommen Er kniete im Fußraum und drang auf
diese Weise in sie ein. Ihre drallen Brüste auf Augen-
höhe. Linas konnte das Stöhnen der Beiden hören. Er

schlich sich ganz nahe auf die Fahrerseite, zog sein Smartphone, stellte die Nachtfunktion ein hielt es hoch an die Scheibe und machte mit der Serienfunktion so um die 20 Fotos. Dann stellte er die Videofunktion ein und filmte etwa eine Minute die Liebeshandlung im Fahrzeug.

Die weltweite Ausbreitung der Coronavirus-Mutanten besorgt die Bundesregierung sehr. Sie ist deshalb offenbar bestrebt, den Reiseverkehr weiter einzuschränken. Innenminister Horst Seehofer plant dazu verschärfte Grenzkontrollen, aber auch eine massive Reduzierung des Flugverkehrs. Seehofer will deshalb zur Bekämpfung der Corona-Pandemie den Flugverkehr nach Deutschland massiv einschränken. Mit dem Flieger wollen Gintanas und Linas Jaskaunas gar nicht los. Wenn sie hier in Kitzingen fertig sind und die Pandemie vorbei ist, wollen sie sich ein Wohnmobil mieten und die Inselwelt Kroatiens erkunden.

Anders dagegen Gerlinde Dürnfelder, die mit ihrer halben Million schon so etwas wie eine Weltreise plante und dazu irgendeine Fluglinie benötigte. Sie rief in der Taxizentrale an und fragte nach Joe, die Karte mit seiner Handynummer hatte sie verlegt. „Wir geben Joe Bescheid, er meldet sich bei Ihnen!" Das Telefon riss sie aus ihrem Mittagsschlaf. Ein tägliches Nickerchen kann wahre Wunder wirken, das wusste sie. Sie gab Joe die Straße mit Nummer wo sie hingefahren möchte. „Warten sie hier. Ich bin gleich wieder zurück!" Es schneite wieder als sie aus dem Taxi ausstieg um einige Sekunden später auf den goldenen Klingelknopf zu drücken. „Hallo, Gerlinde! Kommen sie rein! Hier sind ihre 50 Euro vom letzten Mal." Gerlinde hatte ein mulmiges Gefühl. Sie merkte aber, dass die Beiden entweder noch nichts gemerkt hatten, oder sie wussten gar nicht, dass im Köfferchen so viel Geld war. „Ja, Danke, kann ich gut gebrauchen, wann soll ich wiederkommen?" Eva Kraus druckste herum und sagte dann, dass ja ihr Gabriel jetzt eingezogen wäre und der es nicht so gerne sah, dass andere Leute in der Wohnung sind. „Ich sag einfach Bescheid! Sie können aber davon ausgehen, dass wir jedenfalls nicht mehr wöchentlich ihre Dienste benötigen. Scheinheilig sagte Gerlinde wie Schade sie das findet und verabschiedete sich höflich bei ihrer Auftraggeberin. „Zu mir nach Hause!" „Nicht schon wieder!", sagte Joe als Gerlinde wieder mit einem Zweihunderter bezahlen wollte. „Mein ganzes Kleingeld geht drauf!" „Machen sie 20 Euro, das passt scho!" „Danke!"

Gerlinde ging dann zum nächsten Discounter im Schwalbenhof zum Einkaufen. Milch, Äpfel, Möhren, Bratwürste, zwei Flaschen Bier, Laugenbrötchen aus dem Angebot und eine Packung Magerquark. Auch hier bezahlte sie mit einem Zweihunderter, was für einigen Wirbel bei den Kassiererinnen sorgte.

Beim hinaus gehen fielen ihr zwei Männer auf die genau gleich aussahen und irgendwie gebrochen deutsch sprachen. Sie schenkte den Beiden dann aber keine weitere Beachtung. Ihr Regenschirm klemmte. „Madame bitte sehr", hörte sie. Es war Joe der Taxifahrer. Sie strahlte ihn an.

Unbeteiligte Beobachter hätten beim Betrachten der beiden Männer den Eindruck gewinnen können, dass sie über irgendetwas verschiedener Meinung waren. So war es dann auch. Gintanas war enttäuscht über die schlechten Handyaufnahmen des Liebesspiels der beiden Polizisten, die zudem beim Geschlechtsakt ihre Gesichtsmasken nicht abgenommen hatten. „Unbrauchbar!" Er hatte doch Linas gefühlt schon hundertmal erklärt wie es funktioniert. Im Einkaufswagen lagen Wodka, Zigaretten, Fleisch, Kartoffeln, Brot und Kaffeepulver. Flaschensammlerin Jelena kommt herein um ihre „Beute" in den Flaschenrückgabeautomat zu schmeißen. Sie erkannte die Beiden, die an der Kasse standen, sofort wieder. Einer von Ihnen hatte sie vor ein paar Tagen so sehr angerempelt, dass sie über ihr Fahrrad flog. Die blauen Flecke schmerzten ihr noch immer.

Den Mordfall Henning Lanz hatte das LKA übernommen, worüber Hatterer nicht unglücklich war. Es war wohl so, dass Henning Lanz über Jahre hinweg ältere Frauen mit Kontaktanzeigen gelockt hatte um sie dann auszurauben. Der Sohn einer sehr wohlhabenden, schwedisch stämmigen Frau, die Lanz auch um einige Hunderttausend Euro leichter gemacht hatte, muss ihn wohl im Affekt erschlagen haben. Das ermittelte das LKA nach einigen Monaten Ermittlungszeit. Der Bestatter wurde rehabilitiert.

Familie Son machte derweil in ihrem Asia Imbiss, unweit des Discounters, alles zum Mittagsverkauf klar. Vater Haen und seine Frau Luna kamen auch in der Pandemie ganz gut mit dem to go Geschäft über die Runden. Hatten sie ja vor dem Lockdown auch nur durch ihr kleines Fenster Bratnudeln oder Chop Suey Krabben verkauft. Die Brüder Gintanas und Linas Jaskaunas bestellten sich eine große Portion Bratnudeln mit Gemüse. Während sie in ihrer Nudelschale mit den Stäbchen stocherten kam Jelena Soloverva auf sie zu und beschimpfte sie auf Russisch. Sie wollte Geld von den Beiden. Flaschen waren kaputt und sie hatte blaue Flecke an Armen und Beinen durch den von Linas verursachten Sturz. Die beiden Litauer lachten sie aber nur aus und beschimpften Jelena auf Russisch. Einer von den Beiden trat gegen ihr altes Fahrrad. Erbost, schimpfend und patschnass zog diese dann von dannen. Es regnete in Strömen. Die ganze Szene beobachtete jemand aus einem Auto, das auf dem Discounter Parkplatz stand. Es war aber nicht Johannes Wahl aus Wunsiedel, der war seit einigen Monaten in Thailand untergetaucht. Der Schnee ist in Regen übergegangen. Der Wetterbricht meldet weitere Regenfälle für die nächsten Tage und warnt vor wahrscheinlichen Überschwemmungen.

Die Zeit als Eva wie ein aufgescheuchter Schwarm Hornissen durch den Tag rannte ist lange vorbei. Es gab immer so vieles zu tun und zu erledigen und so vieles, um das sie sich kümmern musste. Egal, wie sehr sie sich bemühte, es schien nie weniger zu werden. Darüber hinaus musste sie überall präsent sein, sich zeigen, sich austauschen und sich vernetzen. Auf keinen Fall wollte sie etwas Wichtiges verpassen. Bakschisch war auch immer ein Thema. Wenn sie im Stress war oder im Zeitdruck stand, erhöhte sich ihr Pensum, indem sie ihre Freizeitaktivitäten, Pausen und Schlaf reduzierte. Vor allem in der Zeit als sie in der Firma ihren schwer erkrankten Mann ersetzen musste. Sie minimierte also als allererstes das, was ihr eigentlich guttat. Was kurzfristig sicherlich ein gangbarer Weg für sie war, wurde mittel- bis langfristig zu einem echten Problem für sie. Die Reißleine zog sie erst, als sie Gabriel kennenlernte, dann die Firma verkaufte und ihr Liebesleben erneut aktivierte. Sie träumte von Italien das sie mit ihrem verstorbenen Mann oft bereist hatte. Sie wollte es ihrem Gabriel zeigen. Florenz, den Rotwein der Toskana im Sonnenuntergang, das Kolosseum in Rom, der Dom in Mailand, der Schiefe Turm von Pisa und der Dogenpalast in Venedig, den Limoncello von der Amalfi Küste, Cinque Terre und die weißen Trüffel aus Umbrien.

Die Scheibenwischer kämpften mit dem starken Regen. Polizeianwärterin Ramona Wilke und Polizeimeister Silas Scheck haben unter Leitung von Polizeihauptmeister Peter Seltermann in einer Wohnung in der Kitzinger Siedlung eine Geburtstagsfeier mit achtzehn Menschen aufgelöst. Das fahle Licht einer alten 20 Watt Glühbirne das in einer vergammelten Fassung von der Decke hing, passte zu der Szene im Hobbykeller des Mehrfamilienhauses. Die Feiernden hielten keinen Abstand und trugen keinen Mund-Nasen-Schutz und wurden von den Nachbarn angezeigt. Der Gastgeber und auch seine Gäste müssen nun mit Bußgeldern rechnen.

Die Brüder Gintanas und Linas Jaskaunas wurden beobachtet als sie in „ihre" Wohnung ins Etwashäuser Steinhaus zurückkehrten. Sie fühlten sich ziemlich sicher, was man leicht verstehen kann, wenn man in die leeren Straßen, verursacht durch den Lockdown, schaute. Die Menschen saßen zu Hause, die Haare wuchsen, der Wein und die Pizzas schmeckten. Es machte sich Frust in der Bevölkerung breit. Existenzen standen auf dem Spiel und erste Einzelhändler strichen die Segel. Apropos Segel, die Nachtschicht auf der Dienststelle hatte nichts zu tun und schaute im Fernsehen live das Drama um den Weltumsegler Boris Herrmann an, der kurz vor dem Ziel der Vendée Globe* mit einem Fischerboot kollidiert und seine Siegchance verloren hatte. Polizeioberkommissar

Rudi Weingart, der extra wegen dem Lichtblick in Corona Zeiten, geblieben ist, um mit der dritten Schicht auf den Sieg des Seglers anzustoßen, sprach gleich erregt von Manipulation. „Den Fischer haben die doch extra da naus gschickt um den Boris abzufangen!" Ärgerlich ging er zur Tür hinaus, pfiff seinen Hund Yoda und fuhr mit ihm nach Hause.

Am nächsten Morgen war das Wetter noch genauso trist und grau wie es am Tag vorher endete. Es schüttete in Strömen und der Pegel des Mains ist dramatisch angestiegen.

Boote des THWs fuhren seit Mitternacht in den aufgewühlten Fluten des Mains in und um den Kitzinger Vorort Etwashausen.

Die beiden Litauer hatten am Abend gut Wodka getankt. Der Marktleiter des Discounters in der Innenstadt, da wo die Beiden gerne einkauften, wunderte sich schon, da eine Sorte Wodka fast ausverkauft war. Es war die, die nach dem letzten Präsidenten der Sowjetunion benannt wurde.

Gegen Mittag, Gintanas saß gerade auf dem Topf als er von unten Rufe hörte. „Hallo, ist hier jemand, braucht ihr was?" Als er auf dem Topf fertig war stürmte er in das große Zimmer das Richtung Main seine Fenster hatte, machte dieses auf und kippte den rechten Fensterladen auf. Ihm verschlug es die

Sprache. Rings um das Haus nur Wasser. Es schien so als würde es noch weiter steigen. Er weckte Linas, der zuerst dachte, dass sein Zwillingsbruder ihn veräppeln will. „Dann schau doch selber raus! Wir sind eingeschlossen!" „So eine verdammte Scheiße aber auch! Der BMW ist dann auch im Arsch!" Heizung, Wasser und Strom fielen dann nach und nach im Laufe des Vormittags aus. Die Akkus ihrer Smartphones zeigten dann auch bald an, dass es auf das Ende der Ladekapazität zu geht. Zu saufen hatten sie nichts mehr und auch nicht mehr viel zu essen. „Das Einzige was wir machen können", sagte der um einige Minuten Jüngere von Beiden, „ist, dass wir ein Betttuch aus dem Fenster hängen!" Es sollte einen weiteren Tag dauern bis wieder jemand mit dem Boot vorbei kam und die Beiden abholte und in einer Notunterkunft ablieferte. Dort mussten sie sich registrieren lasse, dem sie nur ungern nachkamen.

Polizei, Feuerwehr und THW hatte einen Krisenstab gebildet. Zusammen mit den Mitarbeitern des Bauhofs und einigen freiwilligen Helfern wurden Stege gebaut und ein Versorgungsdienst mit Schlauchbooten aufgebaut. Die Flut hielt die Einsatzkräfte noch einige Tage in Atem. Starker Regen und Tauwetter im Fichtelgebirge und in der Rhön ließen den Pegel noch bisschen weiter ansteigen.

Auch der Mühlbach in der Kaltensondheimer Straße trat für einige Tage über seine Ufer und überschwemmte diese. Hatterer fuhr mit dem 4x4 Lada seines Nachbarn Schleret zur Dienststelle. Im Autoradio die Nachricht, dass Brandenburgs Ministerpräsident Dietmar Woidke dafür plädiert, auch den Impfstoff Sputnik V aus Russland für die Anwendung in Deutschland zu prüfen. Die EU hatte bei der Bestellung der Impfstoffe große Fehler gemacht. Es heißt zu spät und zu wenig. Deshalb werden an den Corona-Impfgipfel heute hohe Erwartungen gestellt. Verzögerte Impfstofflieferungen, Diskussion um die Altersempfehlung für das AstraZeneca-Präparat und Kritik an der Strategie der Bundesregierung: Der Klärungsbedarf ist groß. Hatterer parkte sein Auto auf den freigehaltenen Parkplätzen am alten Krankenhaus. Das Hochwasser reicht schon fast bis zur Eingangstüre der Dienststelle in der Landwehrstraße. Auf dem Weg dorthin trifft er die Leiterin des Kitzinger Stadtarchivs, die mit ihrem Langhaardackel Findus, unterwegs ist. Auch sie macht sich Sorgen wegen des Wassers.

Auf dem Bürotisch lag dann Arbeit. Am frühen Samstagmorgen versuchten zwei Männer einen Zigarettenautomaten in der Talstraße aufzubrechen. Vorbildlich handelte ein Zeuge, der durch seine guten Beobachtungen die Festnahme erheblich unterstützte. Gegen 02:30 Uhr ging bei der Dienststelle die Mitteilung über einen aktuellen Zigarettenautomatenaufbruch in der Talstraße ein. Der 37-jährige Mitteiler, ein Zeitungszusteller bei der Arbeit, konnte zwei Männer beobachten, die mit einem Hammer auf den Automaten einschlugen und versuchten diesen mittels Brecheisen aufzuhebeln. Noch vor Eintreffen der ersten Streife flüchteten die beiden Täter ohne Beute, da der Automat dem Aufbruchsversuch standhielt. Im Rahmen der sofort eingeleiteten Fahndung konnten schließlich die beiden Täter im Alter von 34 und 38 Jahren von Rudi Weingart und einem weiteren Kollegen vorläufig festgenommen werden. Bei den beiden alkoholisierten Kitzinger wurde noch Aufbruchswerkzeug aufgefunden. Am Zigarettenautomaten entstand ein Sachschaden in Höhe von etwa 1.000 Euro. Hatterer und seine Leute mussten nun, am Morgen, eine Hausdurchsuchung bei den beiden Verdächtigten durchführen. Er stellte zwei Teams zusammen. Marlene und Silas Scheck von den Streifenhörnchen und er und Ramona Wilke. Bei den Durchsuchungen konnte noch einiges an Diebesgut sichergestellt werden. Darunter auch eine Skizze einer Innenstadt, die wie ein Einbruchsplan aussah. Der Ermittlungsrichter ordnete Untersuchungshaft an. Am Abend als er wieder Richtung nach Hause fuhr war vom Hochwasser in der Kaltensondheimer Straße nicht mehr viel zu sehen. Auch am Main zog sich das Wasser wieder ins Flussbett zurück. Jedenfalls schneller als von den Experten vermutet.

Ein Fernsehkoch erklärt im Frühstücksfernsehen was abschwenken bedeutet. Schleret muss lachen. Seine Frau Renate kam ins Zimmer. „Kannst du mir ein bisschen die Haare schneiden. Die Spitzen halt!" „Wenn`s sei muss!"

Als Renate Schleret eine Stunde später in den Spiegel schaute brach sie in Tränen aus. Ihr Mann Herbert ist halt doch kein Frisör. Sie sah aus wie ein gegrilltes Eichhörnchen.

Die Bundesregierung strebt an, den Status der soge-nannten epidemischen Lage von nationaler Tragweite bis mindestens Juni aufrecht zu erhalten. Per Bundes-tagsbeschluss soll die Ausnahmelage entsprechend verlängert werden, wie ein Entwurf aus dem Bundes-gesundheitsministerium vorsieht.

Bei der Durchsuchung eines ehemaligen Klosteran-wesens haben Beamte der Kripo Schweinfurt am Mittwochvormittag rund 50 Gramm Marihuana si-chergestellt. Bereits seit geraumer Zeit führt die Kri-minalpolizeiinspektion Schweinfurt in enger Abstim-mung mit der Staatsanwaltschaft Schweinfurt Ermitt-lungen wegen des Verdachts von Verstößen gegen das Betäubungsmittelgesetz durch Bewohner. Auf Grund eines richterlichen Durchsuchungsbeschlusses erfolgte am Mittwochvormittag die Durchsuchung des Anwesens durch Kriminalbeamte. Letztlich stell-ten die Ermittler rund 50 Gramm Marihuana und diverse Rauschgiftutensilien sicher. Nachdem ein Bewohner den Beamten zuvor unter Gewaltanwendung den Zutritt zum Gebäude verweigert hatte, wurde darüber hinaus ein Verfahren wegen des Verdachts des Widerstands gegen Vollstreckungsbeamte eingeleitet. Verletzt wurde bei der Auseinandersetzung niemand. Die Ermittlungen dauern an.

Die Kitzinger Dienststelle explizit das „Kommando", Hatterer bekommt die Aufgabe zugeteilt die beiden litauischen Staatsbürger Gintanas und Linas Jaskaunas in der Hochwasser Notunterkunft zu überprüfen. In Würzburg liegt gegen die Beiden eine Anzeige wegen des Infektionsschutzgesetz vor und bei der weitergeleiteten Registrierung ist das jetzt aufgefallen. Bilder von Beiden wurden übermittelt.

Der wohlfühlorientierte Morgen ist beendet. Hatterer und Rupisch sind unterwegs zu einer Halle außerhalb Kitzingens. „Die Beiden sind nicht mehr hier. Waren eh ganz komische Vögel. Nichts gesprochen aber mit anderen Insassen sind sie gleich angeeckt. Das waren Russen oder so ähnlich. Ehrlich gesagt sind wir alle froh, dass sie ihre Anwesenheit beendet haben!", sagte der Einsatzleiter der in der Auflösung befindlichen Notunterkunft. Das kurze, aber dabei umso heftigere Hochwasserintermezzo war vorbei. Saubermachen und Aufräumen war jetzt die Devise für die Anwohner am Main. Hatterer hatte so ein komisches

Bauchgefühl und beauftragte Marlene, die heute mit einer selbstgebastelten Hochsteckfrisur durch den Tag lief, dass sie alles über die beiden Litauer herausbekommen sollte was sie finden konnte.

Eva Kraus und Gabriel Dietz bekamen von dem ganzen durcheinander des Hochwassers so gut wie nichts mit. Sie haben sich ein weiteres Kunstwerk zugelegt. Es zeigt ein Liebespaar, der Maler hat es „Im Bann der Gefühle" genannt. Es ist eine abstrakte Bleistiftzeichnung, die eigentlich nur verschlungene Kurven zeigt. Wenn man in ihrem Haus auf und ab gehen würde, dann würde man in den vier Wänden erkennen, dass hier das Glück zu zweit wohnt. Das Knistern zwischen dem älteren Liebespaar ist förmlich spürbar. Es hängen Bilder mit den Namen „Glück zu zweit", es zeigt zwei sich umarmende Liebende die in einer handgemalten Allee aus Bäumen stehen, um sie herum Bäume die in leuchtendem rosa aufblühen und ein Lichtstrahl das Paar erhellt. Kitsch hoch drei aber den Beiden gefallen die Bilder. Dann hängt da noch „Love is all around", „Das schönste Gefühl" oder „shelter of mine".

Der „doppelte Rittberger" war dann zu viel für Gabriel. Kurz vor seinen Höhepunkt rutschte er rücklings aus dem Bett. Eva musste herzhaft lachen. Sie zog sich ihr dünnes, schwarzes Negligé an und robbte über das übergroße Doppelbett zu ihrem gefallenen

Helden der Nacht. Der lag bedröppelt auf dem Boden und rieb sich den Hinterkopf. Er sah dann am Rande des Bettes das vergessene Alu-Köfferchen hervorstechen und zog es hervor. „Hast du dir wehgetan? Ach Mensch es war gerade so schön! Was hast du da?".
Er stellte das Köfferchen auf das Bett und stellte erstaunt fest das es sich öffnen lässt. „Komm mach auf, ich bin so neugierig!" Eva rückte näher nach vorne zu ihrem Schatz. Sie legte ihre Arme über seine Schultern und er klappte den Deckel auf und nahm den samtbezogenen Steckkasten heraus. Darin steckten ungefähr zwanzig Panthère von Cartier. „Wow! Sind die echt? Und wieso hast du jetzt die Schatulle aufgekriegt?", fragte Eva erstaunt. Gabriel steckte sich einen Ring an den Finger und meinte, dass er wohl zu blöd sei und er es nicht wisse wieso er es beim ersten Versuch nicht aufgekriegt hat. „Ich werde alt! Aber der Ring sieht doch klasse aus" „Quatsch, du bist doch richtig fit. Du bist mein wildes Pandabärchen, das manchmal aus dem Bett fällt!" Beide mussten herzhaft lachen. „Ich mach Frühstück!" Eva gab Gabriel einen Kuss und wackelte in die Küche. Die Sonne kam raus und auch die Menschen strömten auf die Straßen und Plätze. Auch Eva und Gabriel machten sich nach einem ausgiebigen Frühstück ebenfalls auf den Weg. Sie nahmen ihre Berechtigungsscheine ihrer Krankenkassen mit und holten sich in einer Apotheke am Marktplatz ihre sechs zustehenden FFP2

Masken. Die Apothekerin bewunderte bei der Übergabe den Panthére-Ring, den sich Gabriel angesteckt hatte. Sie meinte, dass so ein Ring über zehntausend Euro Wert sein kann. Sie wisse das von ihrem Bruder der Juwelier am Bodensee ist. Voller Stolz verließen die Beiden den Gesundheitstempel, holten sich einen Becher Kaffee in einem der geöffneten Cafés und schlenderten bei angenehmen Temperaturen über die Alte Mainbrücke ins Gelände der früheren Gartenschau. Die Temperaturen sind auf angenehme 14 Grad angestiegen. Es ist ein herrlicher Vorfrühlingstag. Auf einem großen, weißgestrichenen Loveseat am Main genießen sie, wie viele andere Menschen, die Sonne und schauen beim Flanieren zu. Auf dem Heimweg kamen sie an der Abrissbaustelle einer alten Transformatorenfabrik vorbei. Voller Wehmut schaute Gabriel durch den Maschendrahtzaun auf das frühere Pförtnerhäuschen. Es war im Stil der Nachkriegsmoderne gebaut und stand als einziges Gebäude noch auf dem weitläufigen Gelände. Ein paar Jahre war er dort in der Firma beschäftigt ehe diese verkauft und später aufgelöst wurde.

Es war ein kurzes Gastspiel der Sonne. Am Tag darauf regnete es wieder den ganzen Tag.

Hatterer wurde in der Nacht zu einem Einsatz gerufen. Auf Anordnung der Staatsanwaltschaft Würzburg wurde eine 49-jährige Frau in ihrer Wohnung festgenommen und später dem Ermittlungsrichter vorgeführt. Ihr wird der Handel mit großen Mengen Rauschgift vorgeworfen. Der Ermittlungsrichter erließ dann Haftbefehl. Hatterer und sein geschrumpftes Team müssen ermitteln wo die Drogen herkommen. Knapp ein Kilogramm Amphetamin und rund 900 Gramm Marihuana wurden sichergestellt. Die 49-jährige wurde der Justizvollzugsanstalt Würzburg/Ost überstellt. „Scheiße! Wird Zeit, dass die Beiden", gemeint waren Yogi Weber und Mathilda Gamrod, „wieder aus der Südsee zurückkommen." „Karibik, sie sind in der Karibik!" verbesserte Peter Seltermann seinen temporären Chef.

Es wird aber noch etwas dauern bis die Beiden wieder zum Dienst erscheinen können. War bei der Abreise nach die Insel St. Barth noch kein Risikogebiet, hatte sich das im Laufe der letzten zehn Tage geändert. In Deutschland gilt eine Zwei-Test-Strategie: Einreisende aus Risikogebieten müssen sich entweder im Zielland selbst maximal 48 Stunden vor Rückkehr oder „unmittelbar nach Einreise" einem Corona-Test unterziehen. Anschließend müssen sie dennoch für zehn Tage in Quarantäne – diese darf frühestens mit einem Corona-Test am fünften Tag verkürzt werden. Überrascht war Hatterer über die Nachricht der Polizeidirektion Unterfranken und des Innenministeriums, dass in absehbarer Zeit „seine" Dienststelle vergrößert und modernisiert wird. Zudem soll noch eine Stelle für eine Schreibkraft dazu kommen.

„Wann fliegen die denn ab, du weißt doch immer über alles Bescheid?". Seltermann schaute Hatterer etwas verstört an und sagte dann, dass Marlene ihm gesagt hätte, dass die Beiden nicht von St. Barth abfliegen könnten, da der Flugplatz noch wegen der Pandemie gesperrt sei. Sie müssten mit einem Schiff nach Puerto Rico fahren und dort auf ein Flugzeug nach Frankfurt umsteigen. „Kann aber auch sein, dass sie erst nach Miami fliegen müssen. Hatterer ich kann es dir nicht genau sagen!" „Aber ich kann dir etwas sagen. In nächster Zeit wird unsere Dienststelle umgebaut. Wir haben dann zwei Büroräume, einen Verhörraum und einen Raum für die neue Planstelle. „Was für Planstelle?" Hatterer lachte und erklärte Seltermann, dass eine Bürokraft eingestellt wird, die ihm dann auch bei anfallenden Revisionen und Inventuren helfen würde. Seltermann schluckte und zog ab, das war eine schlechte Nachricht für ihn.

„So ein Mist! Naja den Mordfall in Buchbrunn legen wir erst einmal beiseite. Bis sich was Neues ergibt. Dann können wir in Ruhe die anderen Fälle abarbeiten. Marlene hat einige Bilder im Netz gefunden wo die beiden Litauer abgebildet sind. Zum Teil mit anderen Personen, zum Teil alleine und auch einen Eintrag in der „Kundenkartei" konnte sie finden. Gegen die Beiden wurde einmal wegen Autodiebstahl, verbunden mit Autoschieberei in den Osten ermittelt. Zudem stehen sie einer Gruppe sehr nahe, die im Verdacht stehen an verschiedenen Einbrüchen in Juweliergeschäfte beteiligt gewesen zu sein. „Gute Arbeit Marlene!"

Der nächste Morgen präsentiert sich noch ungemütlicher. Das Wetter wird mit seinem erneuten Dauerregen immer trübsinniger. Hatterer sitzt alleine beim Frühstückstisch und lenkt seine innere Kraft in den Bauch und nimmt sich somit bewusst wahr. Er wird immer ruhiger und öffnet sich. Er hört sonst immer seine innere Stimme. Nur heute klappt es nicht so recht. Er lässt seine Gedanken ziehen und denkt an nichts. Er kommt erst wieder zurück als sein kleiner Sohn an seinen Hausschuhen herumzieht. Großtante Petra kommt an den Tisch. „Muß isch mr Sorje maache? De sühst net jood us mi Jung!" „Alles gut. Ich war nur so in Gedanken. Muss jetzt auch schon los!" Er gab Isabella, die gerade die Treppe herunterkam, einen Kuss auf die Wange. „Du musst schon los?" Er zog seine wasserfesten Goretex Schnürstiefel an und sagte dabei „ja". Dann war er verschwunden. „De muß dich mer öm d'r Junge kümmern, de weisst allt wat isch ming!" sinnierte Großtante Petra. Isabella schenkte sich eine Tasse Kaffee ein. Sie trank ihn im Stehen und schaute gedankenverloren auf den Regen wie er in die Pfützen im Garten kleine Ringe formte. „Dreckswetter hier in Deutschland!" dachte sie auf Spanisch.

Die beiden Litauer zogen wieder in das Steinhaus ein. Das Erdgeschoß steht leer, das Licht funktioniert wie im ganzen Objekt nicht. In einer Ecke liegt ein Haufen alter Zeitungen und Werbeprospekte. Ein alter Sessel erinnert an die Zeit, als dies ein Ort bewohnten Wohlfühlens war. Von der versifften Küche führt eine enge Wendeltreppe hinauf ins Obergeschoss wo die Beiden ihr Lager aufgeschlagen haben. Draußen rauscht der Regen auf den aufgeplatzten Asphalt. Es riecht modrig. Die Beiden bekamen nicht mit, dass sich der Himmel über Franken am Samstagnachmittag nach und nach gelb einfärbte. Im Radio wird erklärt, dass hinter diesem Wetterphänomen Saharastaub steckte, der vor allem aus den nordwestafrikanischen Staaten Mauretanien, Mali und Algerien kommen würde. Voraussetzung dafür sei, dass es in der Sahara ein Tief gibt, das den Sand in mehrere Kilometer Höhe aufwirbelt. Dort herrsche dann ein Sandsturm. Direkter und starker Wind aus dem Süden bringt diesen Sand dann bis nach Franken und färbt den Himmel gelblich. In einigen Regionen Europas färbte sich sogar der Schnee gelb ein. Ein Boulevard Zeitung titelte „Blutschnee in den Alpen".

Ein Mann mit einem Nachtsichtfernglas von Pardo spürte wie die Kälte des Mains unter seine Jacke zog. Er stand auf der Luv Seite und der kalte Ostwind kühlte ihn zusätzlich aus. Die zwei Männer unterhielten sich stark gestikulierend. In den Ohren hatte er nur das laute Rauschen des Flusses der in unmittelbarer Nähe seines Standortes vorbei floss. Für ihn war es eine Reise ins Ungewisse. Seine große Stärke war seine ausgeprägte Verharrungsneigung, die ihn bei solchen Aufträgen half sie zu lösen. Wenn es was zu holen gab, nahm er so manche Unwägbarkeiten in Kauf. Langsam wurde es ihm aber trotz allem zu kalt. Er zog ab. Es fing an zu schneien. Deutschland ist halt nicht Los Cabos in Mexiko, wo er auch schon gearbeitet hatte. Mit Wehmut musste er an die herrlichen Sandstrände an der Südspitze der Baja California denken. Er hatte einen Fehler gemacht den ihm das Kartell nicht verzeihen konnte. Nur mit großem Glück kam er mit dem Leben davon und er konnte unentdeckt fliehen.

Bis zum nächsten Morgen gab es 20 cm Neuschnee. Der Autoverkehr brach völlig zusammen. Polizei, Feuerwehr und Schneeschieber des Kitzinger Bauhofs hatten alle Hände voll zu tun. Ab 9 Uhr beruhigte sich die Lage. Einige Autofahrer die am Samstag noch in einer Waschanlage den Saharasand von ihrem Fahrzeug spülten, versuchten nun verzweifelt am eisigen Morgen die Türen ihrer Autos zu öffnen. Keine Chance. Die Abdichtgummis waren festgefroren. Dazu war Schneeschippen angesagt. Die Mehrzahl der Hausbesitzer machte dies vorbildlich, manche ließen aber auch einfach den hohen Schnee liegen. Mit einem Kinderwagen oder Rollator war in den Außenbezirken und in der Südstadt kein Durchkommen mehr möglich.

Hatterer war in der Nacht aufgestanden um den Super Bowl im Fernsehen anzuschauen. Er ist, wie viele andere Football Fans auch, ein großer Fan von Tom Brady. Hatterer wurde nicht enttäuscht, mit einer herausragenden Leistung führt der 43 Jahre alte Quarterback die Tampa Bay Buccaneers zum Sieg. Für Shootingstar Patrick Mahomes und die Kansas City Chiefs wurde das Spiel zum Debakel. Für heute hatte er sich freigenommen, Überstunden abbauen. Im Fernsehen sieht er dann die Nachricht, dass am Mittwoch Bund und Länder über das weitere Vorgehen in der Corona-Pandemie beraten wollen. Im Vorfeld haben Bundesgesundheitsminister Spahn und Bayerns Ministerpräsident Söder Forderungen nach Lockerungsszenarien eine Absage erteilt. In China laufen die Vorbereitungen für ihr Neujahrsfest, das dann das Jahr des Büffels einleitet.

Die Kälte wurde immer unerträglicher. Das Thermometer ging den ganzen Tag nicht über -5 Grad. Der Schnee hatte mittlerweile eine Höhe von 15cm erreicht. Die Straßen in Kitzingen wurden nicht richtig geräumt. Die Stadt, ihre Bediensteten und auch die Bewohner hatten nicht das Knowhow wie zum Beispiel die Gemeinden im Allgäu, Schwarzwald oder Bayerischen Wald, wo in der ganzen Winterzeit über

viel Schnee in der Landschaft und den Dörfern her-
umliegt. Die Menschen in Mainfranken können nicht
so gut mit der weißen Pracht umgehen. Vor allem die
Autofahrer/innen haben so ihre Probleme. Über die
ganze Stadt am Main hat sich das Gesetz der Trägheit
ausgebreitet. Nur eine größere Anzahl an Bauern be-
nützten das Gesetz der konstanten Beschleunigung
um mit ihren großen Traktoren gegen das geplante Insektenschutzgesetz zu protestieren. Auch Frankens
Winzer befürchten Einschränkungen und zeigten sich
solidarisch. Die Landwirte befürchten, dass das neue
Insektenschutzgesetz enorme Auswirkungen auf ihre
Betriebe hat. Deshalb waren rund 350 Rübenbauern
aus Unterfranken unterwegs um gegen das umstrit-
tene Gesetz zu demonstrieren. Die Bauern trafen sich
im Kitzinger Klosterforst und fuhren dann laut hu-
pend zur Zuckerfabrik nach Ochsenfurt. Starke Ver-
kehrsbehinderungen waren die Folge. Peter Seltermann musste mit Nils Stahl, von der Verkehrspolizei,
im Führungsfahrzeug Platz nehmen. Auch Silas
Scheck, Ramona Wilke und Rudi Weingart der mit
Luis Selher einem jungen Polizeianwärter, im Auto
unterwegs ist. Sie alle waren unterwegs um Kreuzun-
gen und Ampelanlagen zu sichern. Der Goldfasan*
aus Würzburg hat für den Einsatz größte Priorität an-
geordnet.

Die Litauischen Brüder haben sich in der Nacht den
Arsch abgefroren. Die Heizung im Haus funktionierte
nicht mehr. Wegen der bestehenden Ausgangs-

beschränkung riskierten sie es nicht nach draußen zu gehen um sich ein wärmendes Auto zu klauen. Ein Gewächshaus, wenige hundert Meter vom Steinhaus entfernt, war ihre Überlebensrettung.

Es sollte noch kälter werden. Der Wetterbericht kündigte am Abend -20 Grad für den Donnerstag an. Dieser Winter in diesem Jahr ist langanhaltend und teils auch heftig. Die Salzvorräte werden langsam knapp. Für Gintanas und Linas Jaskaunas wurde es nun auch im Gewächshaus jedenfalls in den eisigen Nächten, zu kalt. Am Tag war richtig schöner Sonnenschein, es war ein Traumwetter zum Spazierengehen, rodeln oder Schlittschuhlaufen. Aber nachts war es eisig kalt.

In der Dämmerung am Freitag verschafften sich die Beiden Zugang zu einem seit Jahren leerstehendem Gasthof, den sie tagsüber ausgekundschaftet hatten. Er war nur wenige hundert Meter vom Steinhaus entfernt. Er lang höher und war so vom Hochwasser verschont geblieben. In der Küche tastete Linas an der Wand entlang nach einem Lichtschalter. Dann probierten sie ob der Gasherd noch ansprang. Linas drehte auf und hielt sein Feuerzeug hin. Ohne Probleme. Gintanas schlich nach draußen um zu schauen ob man etwas von der Flamme durch die heruntergelassenen Rollos sehen kann. Aber da sich die Küche eh im hinteren Teil des Hauses befand und keine

Fenster nach draußen hatte, konnte Gintanas nichts sehen. Es war stockdunkel. *Gut so*, dachte er.

An den Grenzen zu Tschechien und Tirol wird seit dieser Nacht kontrolliert. Jeder Einreisende braucht einen negativen Corona-Test. Ausnahmen gibt es bislang nur für Pendler in systemrelevanten Berufen. Es kommt zu sehr langen Staus. Aus Angst vor den dort verbreiteten, ansteckenderen Mutanten des Coronavirus wird an den entsprechenden Grenzübergängen sehr streng kontrolliert. Mit dem Start des Montagmorgendlichen Pendlerverkehrs haben diese Kontrollen an manchen Grenzen Bayerns zu Wartezeiten geführt, vor allem in der Oberpfalz. Jeder Grenzpendler muss einen negativen Corona-Test vorlegen und den Arbeitsvertrag dabeihaben. Es ist zudem eine Online-Anmeldung zur Einreise nötig. „Du weißt was das für uns bedeuten kann? Wenn das so weitergeht, dann kann es leicht sein, dass wir so schnell nicht mehr unerkannt aus Deutschland zurück nachhause können!" Linas schob das Ladekabel seines Smartphones in einen Stecker. Das ertönte Signal signalisierte ihm freudig, dass der Saft nicht abgestellt war.

Ganz langsam wurde es warm in der Küche. Im Haus suchten sie nach Matratzen, Sofas, Betten oder ähnlichem. Der Küchenboden war eiskalt. Aus dem Keller kam ein modriger Geruch. Wahrscheinlich wimmelte es auch von Ratten und Mäusen. Sie fanden schließlich in einem heruntergekommenen Zimmer ein altes

Sofa und zwei Sessel. Sie schleppten alles in die schon etwas erwärmte Küche. Das Wasser in der Küche, war zum Glück für sie, ebenfalls nicht abgestellt. So konnten sie sich seit Tagen wieder richtig mit dem erwärmten Wasser waschen. Sie froren jetzt erst richtig, ihre Mägen knurrten um die Wette. Es war erst 19 Uhr. Linas ging noch einmal los um im Discounter etwas zum Essen zu besorgen. Linas lief zurück in das Steinhaus um die Decken zu holen die sie dort noch liegen hatten.

Durch das Nachtsichtgerät konnte der Mann sehen, dass sie zurückgekommen sind. Aber er konnte nur einen der beiden Brüder erkennen. Er schlich sich näher. Dann verfolgte er ihn als dieser das Haus bepackt mit einem großen Plastiksack wieder verließ. Er fror als er durch den Schnee stapfte und verfluchte seine Auftraggeber. Wenigstens wusste er jetzt wieder wo sich die Beiden aufhielten. An einer Häuserecke hielt er an. Er sah jetzt auch den Zweiten, der vollgepackt mit Tüten eines Discounters ebenfalls in einem Seiteneingang in dem stillgelegten Gasthof verschwand.

Er hatte Glück, dass er bei einem befreundeten Pfarrer unterkommen konnte, den er noch aus der gemeinsamen Studienzeit in Würzburg kannte. Es war ein gutherziger Mann mit einem weichen Händedruck. Ob er die Story glaubte die er ihn auftischte, wusste er nicht.

Hatterer bekam einen Videoanruf aus Curacao. Ein Mann mit dem Namen Delcy Roedriquez meldete sich und will wissen wie es Hatterer geht. „Ich lade euch ein. Im Sommer wenn der Scheiss Virus verschwunden ist kommt ihr zu mir auf die Insel! Ich bin ja dran als Gastgeber. Wie geht es euch? Was macht mein kleiner Mann?" Hatterers Sohn war nach Delcy Roedriquez getauft, jedenfalls der Vornamen. Seine damalige Frau Elsa und er fanden das ziemlich cool. Hatterer erklärte seinem Freund aus der Karibik, dass ihn Elsa verlassen hatte und seine neue Beziehung eine spanische Venezolanerin sei, die er auf einer kanarischen Insel kennengelernt hatte. „Ganz schön kompliziert mein Freund. Ich muss los. Ich melde mich die Tage noch einmal. Lass den Kopf nicht hängen. Tot ziens!" Der Bildschirm war wieder dunkel. "Ja mache ich" murmelte er vor sich hin. In der dunklen Jahreszeit dachte er gerne an den Fall, den er mit der Mutter seines kleines Sohnes damals in der Karibik beendet und aufgeklärt hatte. Es war schön dort gewesen. Die Menschen, das Meer, der Sand und das kalte Bier.

Es war Faschingsdienstag, ein paar Familien zogen maskiert durch das kleine Dorf. Das neue Rasierwasser, das er von Isabella zum Valentinstag geschenkt bekam, sollte ja angeblich sanft und hautschonend sein, es brannte auf seiner Haut und sie wurde rot wie eine Tomate.

Schleret hüpfte im Garten umeinander. Er hatte nur seinen alten, abgelutschten, braunen Bademantel an.

Nach einigen Minuten war er wieder verschwunden. Es hatte das erste Mal seit langen, kalten Wochen wieder mal Plusgrade. Der viele Schnee fing das schmelzen an. Überall tropfte es.

Am nächsten Morgen nach einer eher wilden Nacht mit Isabella und einem vorzüglichen Frühstück machte sich Hatterer zu Fuß auf den Weg zur Arbeit. Beim Anziehen seiner Klamotten machte er es wie immer, erst den linken Socken dann den Rechten. Da war er sehr abergläubisch.

Großtante Petra hatte es mit Wohlwollen registriert, wie liebevoll die Beiden miteinander umgingen. Isabella kam mit einer leeren Flasche Rose Winzersekt und einer Verpackung, in der einmal leckere Macarons waren, in die Küche.

Vielleicht wird es ja doch noch was mit einem weiteren Enkel.

Alles war irgendwie unwirklich. Das Grau des Wetters, der Schneematsch überall und da war noch die Frau auf der Brücke die ihrer Tochter erklärte das die zwei weißen, großen Vögel, die unter der Brücke durchflogen Geburtsvögel gewesen waren. Hatterer musste innerlich lachen, seine Laune besserte sich noch mehr. Es waren Schwäne und keine Störche. Er langte in seine rechte Gesäßtasche und zog sein Smartphone heraus und rief auf der Dienststelle an und erklärte Marlene dass er sich verspäte, die dann seine Nachricht mit ihrem üblichen "Na Bravo" quittierte.

Keine zweihundert Meter von der Brücke entfernt zog Gerlinde Dürnfelder zum selben Zeitpunkt ihre Vorhänge auf. Sie möchte sich eine bodentiefe Glasfront einbauen lassen, damit mehr Licht in ihr Zimmer fällt. Auch sie sah die beiden Schwäne und war begeistert. Es ist ein wunderbares Erlebnis wenn man sieht wie die Schwäne gegen den Wind starten dann ein, zwei Runden über den Main drehen um damit an Höhe zu gewinnen. Mit ihrem Vermieter hatte sie bereits alles besprochen und abgeklärt. Ein Innenarchitekt hatte seinen Plan fertig und würde heute zusammen mit Herrn Eckaad und dem Glasermeister vorbei kommen. Sie musste sich verpflichten, dass sie gegenüber ihrem Vermieter keinerlei Ansprüche beim Auszug aus der Wohnung geltend machen würde. Eckaad wusste, dass die Wohnung mit dem Umbau enorm aufgewertet wurde. Aber auch er musste unterschreiben dass es für Frau Dürnfelder keinerlei Miterhöhungen geben würde solange sie die Wohnung benützt. "In einer Woche ist alles fertig" sagte der Glasermeister. "Ich bitte aber vor Beginn der Arbeiten mir eine Abschlagzahlung von 10.000 Euro zu überweisen. Hier die Rechnung. Der ganze Umbau wird zu einem Festpreis von 25.000 Euro durchgeführt. Vielen Dank für den Auftrag!"
Als die Herrn verschwunden waren, holte Gerlinde Dürnfelder 10.000 Euro aus dem Versteck im Gefrierfach ihres Eisschrankes. Sie hatte das einmal

im Fernsehen gesehen. Sie rief Joe an und bittet ihn sich zu beeilen.

Sie wartete bereits unten und holte sich im abtauenden Schnee nasse Füsse. "Das hat aber gedauert", meckerte sie Joe an, der dann seinerseits auch etwas ungehalten zu ihr sagte, das er nicht ihr Luis sei und es bei dem Wetter halt ein bisschen länger dauern würde. "Egal, Herr Joe fahren sie mich zur Sparkasse und wenn es Ihnen möglich ist warten sie bitte bis ich fertig bin!"

Gabriel Dietz und Eva Kraus machten sich fertig zum einkaufen. Sie wollten beim Discounter in der Stadt ein Fläschchen Schambus und in der Bäckerei nebenan ein paar Faschingskrapfen kaufen. Danach wollten sie es sich auf der Couch vor dem Fernseher gemütlich machen um die etwas andere Faschingszeit ausklingen zu lassen.

Linas Jaskaunas hatte am Montag einiges vergessen. Nudeln und Gulasch in Dosen hatte er im Einkaufkorb liegen. Dazu wieder zwei Flaschen Wodka. Er stand hinter einem älteren Pärchen das sich sehr umständlich beim bezahlen anstellte. Dann fiel es ihm wie Schuppen von den Augen. Er konnte nicht fassen was er da sah. Er zückte sein Smartphone und machte ein Foto. Es war nicht sehr scharf aber man konnte den Panthére-Ring deutlich erkennen. Er schickte das Foto seinem Zwillingsbruder. "Komm her!" war die lapidare Bildunterzeile dazu. "Hallo, was ist?", schimpfte die Kassiererin mit rauhem Tonfall. Schnell packte er alles in den mitgebrachten

Rucksack, der Reißverschluß klemmte. Er wurde hektisch und nervös. Er stürmte aus dem Discounter und wie es der Zufall will stieß er wieder mit Jelena der Flaschensammlerin zusammen. Diemal war aber er der Dumme. Jelena sah ihn auf sich zustürzen, wich ihm aber aus und er stolperte über ihren Fuss und landete in einem abtauenden, nassen Schneehaufen. Die Wodkaflaschen zerbrachen und er fing auf russisch an zu fluchen. Jelena zeigte ihm den Mittelfinger und ging in den Laden um ihre Beute im Pfandautomaten verschwinden zu lassen. Nicht ohne zu dem Gestürzten ty synu dziwiki* zuzurufen. Im Discounter sagte dann das "Goldene Blatt", dass sie es ihm aber gegeben hätte. Er lachte und ging seines Weges. Er hatte die beiden Litauer auf dem Schirm, wie auch ein weiterer Mann der ebenfalls schmunzeln musste, das Ganze aber aus seinem warmen Auto sah. Er wohnte ja nicht weit weg im Pfarramt und ging regelmäßig zu seinem Diesel um ihn laufen zu lassen und ein paar Kilometer zu fahren, was aber mit den bald steigenden Temperaturen nicht mehr notwendig sein wird.

Als Lintares eintraf stand Linas längst wieder auf den Beinen. "Wooodka, ist zu Bruch. Musst du neuen kaufen. Ich habe ihn gesehen!", "Wen hast du gesehen!" "Hast du Bild nicht angeschaut? Mann hatte unseren Panthére-Ring am Finger!" "Was? Wo ist er?" "Sie sind fort, bin über Fuß von der Frau ...", er deutete auf Jelena die gerade ihren Erlös kassierte, "... gestürzt und weg waren sie!"

Trotz allem war es der traurigste Faschingsdienstag in der jüngeren Geschichte. Die Ämter hatten alle geöffnet, ebenso die Geschäfte und Supermärkte. Der traditionelle Landkreisfaschingsumzug fiel ebenso aus wie alle anderen geplanten Faschings Veranstaltungen vorher in diesem Jahr.

Eva und Gabriel unterdessen machten sich einen schönen Nachmittag. Sie saßen auf der Couch, zappten sich in den dritten Programmen durch verschiedene Faschingsfernsehsendungen, ließen sich den Chambus und die Krapfen mit Eierlikörfüllung schmecken.

Hatterer und die Jungs vom Außenkommando mussten heuer nicht für Ordnung beim Landkreis-faschingsumzug sorgen, aber sie hatten auch so einiges zu tun.

In der Kitzinger Kriminalaußenstelle war es die Ruhe vor dem Sturm. So kam es jedenfalls Arne Hatterer vor. Er hatte das Gefühl, dass sich mit der warmen Frühlingsluft etwas zusammen braute. Sein Gefühl sollte ihn nicht täuschen.

Tauwetter am Aschermittwoch. Die eisige Kälte war vorbei. Als Rudi Weingart mit seinem Yoda zum Dienst durch die Stadt lief, wurde er fast von einem losgelösten Eisbrocken erschlagen der sich von einem steilen Ziegeldach gelöst hatte. Yoda wurde von kleineren Brocken getroffen und blutete aus dem Rücken. Beim Tierarzt einige Zeit später wurde er fachmännisch verbunden und wurde dienstunfähig geschrieben. Die gläubigen Katholiken mussten auf ihr Aschekreuz verzichten.

Als Hatterer sich am Donnerstagmorgen für den Dienst fertig machte, hörte er aus dem Badezimmer seines Nachbarn, Schleret trälern. Er hielt mit dem Nassrasieren inne und spitzte die Ohren. *Was singt der da.* "Ach bitte, lass mich dein Badewasser schlürfen, einmal dich abfrottieren dürfen, und deine Oberweite messen und alle andern Frau 'n vergessen, vergessen…" *Der ist aber gut drauf* dachte er. Nach der Rasur verabschiedete er sich bei seinen Lieben stieg in seinen Fokus, der ohne zu murren ansprang und fuhr los.

Erstmal eine Tasse Kaffee und die Zeitung. Er kam nicht zum Frühstücken, weil er verschlafen hatte, die Nacht mit Isabella war sehr anstrengend gewesen.

Das Stadtfest ist abgesagt worden und Frisöre haben Zwölf-Stunden-Tage ab 1. März angekündigt. Einige von Ihnen wollen aber erst am 2. März öffnen, weil der 1. März ein Montag ist und da haben die Frisöre traditionsgemäß geschlossen. *Mein Gott.*

Seltermann klopfte an die Türe und kam auch gleich rein. „Moinsen, unten ist das „Goldene Blatt", er will zu euch und eine Aussage machen. Er habe was interessantes beobachtet!"

Hatterer runzelte die Stirn: „Was soll das sein? „Goldenes Blatt".

Seltermann musste lachen und erklärte Hatterer, dass das „Goldene Blatt" der Spitznamen für einen Mann war, der neunmalklug und sehr neugierig ist. So ein richtiger Schlaufuchs halt.

„Hmm, und was will er genau? Schicken sie ihn rauf!"

Als „Goldenes Blatt" wurde in der Kleinstadt am Main von vielen Einheimischen ein Mann bezeichnet der als junger Theologiestudent von einer akademischen Laufbahn träumte. Diese blieb ihm verwehrt. Er hatte nicht den Hauch einer Chance. Zu einer Zeit, in der das Theologiestudium ein Massenstudiengang war. Später, in seinem Leben, hat sich seine Ehefrau, mit der er drei Kinder hat, von ihm getrennt. Sie hatte einen neuen Lover kennengelernt, mit dem sie zusammenleben wollte. Seine frühere Frau hatte zum damaligen Zeitpunkt schon öfters außerehelichen Sex gehabt, aber dass sie so weit ging, damit hatte er nicht im Geringsten gerechnet. Sie forderte ihn dann auf, eine neue Wohnung zu suchen, was er dann auch tat. Ein paar Wochen später zog er nur mit dem Nötigsten in ein winzige 1-Zimmer Wohnung. Das ist jetzt 35 Jahre her und in der Wohnung lebt er noch immer. Seine Frau teilte ihm damals lapidar mit, dass sie mit den Kindern und dem neuen Freund ins Haus ihrer Mutter zieht, mehr als 300 km entfernt, irgendwo im Südbadischen. Da die Kinder vor seiner Hochzeit mit seiner späteren Frau geboren wurden und er es aber versäumt hatte gemeinsames Sorgerecht zu vereinbaren, konnte er nichts dagegen tun. Die Jahre gingen vorbei, mittlerweile ist er ein alter Pensionist geworden, seine Kinder haben ihn vergessen. Keine

Geburtstags-grüße, keine Karte zu Weihnachten, nichts. Deswegen ist er wohl auch das geworden was er jetzt ist, ein alter Ratschonkel der über alles und allem dachte Bescheid zu wissen. Vielleicht tat er das ja auch. Niemand wusste es genau. Mit richtigem Namen hieß er Ludwig Saal und so stellte er sich auch bei Arne Hatterer vor.

„Womit kann ich dienen, ich hoffe, dass es etwas sehr wichtiges ist?"

Saal holte tief Luft: „Also ich habe da schon seit einiger Zeit zwei Auswärtiche im Auge, die mir nicht ganz koscher vorkommen. Immer wieder legen sie sich mit Jelena, der Flaschensammlerin an. Ich glaube, dass sie unerlaubt das alte Steinhaus am Bleichwasen besetzt halten!"

„Von wieviel Personen gehen wir da jetzt aus? Ich kenne sie nicht. Wenn das eine Luftnummer ist und sie hier unsere Zeit vergeuden, dann Gnade ihnen Gott!"

Hatterer merkte man an, dass er sehr schlechte Laune hatte, der Wetterumschwung ihm zu schaffen machte. „Wir schicken eine Streife hin. Danke und auf Wiedersehen Herr Seel!" „Saal, Saal ist mein Name!" Ist schon gut und Tschüss!"

„Schlecht drauf heute?", Marlene musste schmunzeln, so kannte sie Arne Hatterer eigentlich gar nicht.

Polizeianwärterin Ramona Wilke und Polizeimeister Silas Scheck bekamen dann den Auftrag nach dem Rechten am Bleichwasen zu schauen. Sie kannten die

Ecke genau, war es doch der Ort ihrer ersten intimen Liaison gewesen.

Knarzend öffnet sich die Tür und gibt den Blick frei auf eine im Grunde gesunde Bausubstanz wie Silas Scheck feststellte. Bei der Durchsicht des Gebäudes fiel ihnen nichts Besonderes auf. Erst als Ramona über die vielen, leeren Wodkaflaschen, die neben der Treppe im Dunkeln standen stolperte, wurden sie misstrauisch und suchten genauer nach Hinweisen, die sie dann in Form von Essensresten und leeren Verpackungstüten eines Discounters auch fanden. „Nimm doch mal so zwei Pullen mit. Aber Handschuhe. Hatterer soll damit machen was er will! Ich mag den Typen nicht!" „Wieso, der sieht doch echt noch gut aus für seine 56!" „Wenn du meinst!" Ramona konnte in dem Klang der Antwort etwas Enttäuschendes heraushören.

Yogi Weber und Mathilda Gamrod sind auf ihrer Rückreise-Odyssee in London angekommen. Aus Miami flog kein Flieger mehr auf das europäische Festland. Das Problem war jetzt nur, dass sie in London abermals festsaßen. Durch die Virus Mutante durften keine Flieger mehr nach Deutschland abheben. Selbst die Fußball Profis des FC Liverpool konnten ihr Auswärtsspiel gegen RB Leipzig nicht in Sachsen spielen. Es wurde nach Budapest verlegt. Nach reiflicher Überlegung fuhren sie dann mit einem Bus nach Dover und wollten mit einer Fähre nach

Frankreich übersetzen. Das war aber nur mit viel Bakschisch möglich das sie einem ukrainischen Fernfahrer geben mussten der sie dann im LKW-Auflieger versteckte. Es war der blanke Horror. Mathilda war mit den Nerven völlig fertig. Nach 12 Stunden gingen die Türen des Containers wieder auf. Für die 350 km von Calais nach Aachen brauchten sie dann weitere zwei Tage mit Bus und Bahn und zahlreichen Corona Tests. Am Freitagmorgen riefen sie völlig entnervt Hatterer an. „Okay, bleibt wo ihr seid, bei den Kollegen seid ihr gut aufgehoben. Ich hole euch ab." Das war er seinen Mitarbeitenden schuldig. Dachte er. Hatterer fuhr um 8 Uhr kurz nach dem Anruf der Beiden los. Bis zur Polizeidirektion in Aachen brauchte er viereinhalb Stunden. Um 13 Uhr startete er den Motor für die Rückfahrt, für die er etwas länger brauchte. Um 18 Uhr stiegen die beiden völlig entkräftet in Kitzingen aus. „Danke Arne, du hast was gut bei uns!" „Ihr hättet das Gleiche für mich gemacht! Ruht euch aus und am Montag steht ihr wieder auf der Matte!" „Yes Sir!" Hatterer freute sich auf das Abendessen als er nach Hause fuhr. Nachbar Schleret lief mit einem etwas in die Jahre gekommenen braunen Bademantel um sein Auto. Hatterer ließ sich auf kein Gespräch ein. Er hatte Hunger, ein kurzes Hallo musste reichen. Als er ins Haus kam roch es etwas angebrannt. In der Küche sah er dann das Malheur. Er sagte nur, dass Schwarz die einzige Farbe sei die man nicht essen kann. Er machte sich ein Bier auf, setzte sich in den großen Sessel und schaute seinem kleinen Delcy zu wie er mit den großen Legosteinen spielte. Dann fielen ihm die Augen zu.

Der Winter war erstmal vorbei. Auf dem Weg zu Yogi Webers Wohnung hörte Hatterer die Vögel zwitschern. Er klingelte an der Haustür. Auf dem Fußabstreifer aus Schlingenteppich war folgender Satz gedruckt: *Lass dein Lächeln die Welt verändern, aber lass nicht zu, dass die Welt dein Lächeln verändert.* Mathilda Gamrod machte gähnend die Türe auf. „Scheiße wir haben verschlafen, gib uns eine Viertelstunde." Hatterer sagte den Beiden das um 10 Uhr eine Besprechung ansteht. Sie würden dann auf den neusten Stand der Ermittlungen gebracht.

Vor versammelter Mannschaft fing Hatterer an. „In einem von uns durchsuchten Haus wurden Wodkaflaschen gefunden auf denen die Spurensicherung Fingerabdrücke von zwei litauischen Staatsbürgern entdeckt hat, die zuvor in Würzburg auffällig wurden und sich immer noch in Kitzingen herumtreiben. Der Verdacht liegt nahe, dass sie in irgendwelchen Straftaten verwickelt sind. Jedenfalls sind sie zur Fahndung ausgeschrieben. So das war es erst einmal von mir."

Marlene Rupisch hob den Arm und meinte, dass Hatterer etwas vergessen hätte. Die beiden Brüder

Gintanas und Linas Jaskaunas, übrigens Zwillinge, wurden nach dem Hochwasser in der Notunterkunft registriert. Sie müssten deshalb noch in Kitzingen sein. Unten in der Wache wurde eine Anzeige gegen Unbekannt von einem gewissen Ludwig Saal, wegen vorsätzlicher Körperverletzung gemacht. Der Beschreibung nach könnte es sich um die Beiden handeln. „Wer überprüft das?" Yogi meldete sich das er der Sache nachgeht. Unterdessen gibt es weitere Lockerungen im Lockdown. Fahrschulen können wieder ihren Betrieb aufnehmen. Nächte Wochen dann Gartencenter und Gärtnereien.

Das sonnige Wetter in den letzten Tagen führte dazu, dass Hatterer täglich von Kaltensondheim nach Kitzingen flotten Schrittes marschiert. In der Stadt trifft er dabei regelmäßig den älteren Herrn mit seiner Old Englisch Bulldogge. „Groß ist er schon geworden!" spricht Hatterer den Mann an. „Ja sie frisst auch gut. Es ist der Hund meiner Tochter. Sie hat ihr Sprunggelenk gebrochen und muss jetzt sechs Wochen pausieren. Es ist die Dringlichkeit der Situation geschuldet, dass ich jetzt mit der launischen Dame Gassi gehe!" Hatterer musste lachen, dabei schaute ihn der kleine Hund mürrisch an. „Die schaut immer so, auch wenn sie gut gelaunt ist. Das ist so wie bei den Delphinen, da denkt man immer, dass sie lachen, dabei sind das die natürlichen Gesichtsausdrücke der Tiere". Hatterer verabschiedete sich und wünschte dem älteren Herrn noch alles Gute und dachte im Stillen *wieder was gelernt*.

Auf der Wache erfuhr er dann, dass ihr gesamtes Team in dieser Woche noch geimpft werden kann. AstraZeneca Impfstoff ist genug vorhanden. Der Corona-Impfstoff des britisch-schwedische Arzneimittelkonzerns unterscheidet sich von den anderen beiden Impfstoffen im Prinzip nicht viel. Es muss halt nicht so extrem gekühlt werden. Irgendwie wurde der Stoff von den Medien schlecht geredet und zwar sehr ausführlich. Einige Menschen wollten sich nicht mit AstraZeneca impfen lassen. Mittlerweile haben die Medien zurückgerudert und schreiben über den Impfstoff wieder gute Sachen und die Menschen lassen sich jetzt wieder die Spritze in den Oberarm rammen. Ja sogar für über 65-jährige Menschen wurde er jetzt zugelassen. „Also Leute! Donnerstag ab 12 Uhr sind wir dran." Marlene musste von Hatterer mit einem ausführlichen Gespräch noch überzeugt werden. Die Aussicht das man als zweifach Geimpfter wieder größere Reisen antreten kann überzeugte sie dann schlussendlich.

Eva Kraus und Gabriel Dietz bekamen ebenfalls Post vom Impfzentrum. Sie werden mit BioNTech geimpft und ihre Termine sind am Donnerstag zwischen 13 Uhr und 13:15 Uhr.

Für Gintanas und Linas Jaskaunas kommen die Lockerungen im Freistaat gerade rechtzeitig. Im wieder geöffneten Baumarkt kleiden sie sich mit schicker Arbeitskleidung neu ein. Sie sehen aus wie emsige Krauderer und hoffen dadurch in der kleinen Stadt am Main weniger aufzufallen. Das Wetter ist immer noch sehr schön und die Kleingärtner und nicht nur die, stürmen die Gartencenter und Gärtnereien. Die Beiden bekamen Nachricht aus Litauen, dass sie dem Koffer nicht mehr nachjagen sollen. Es sei zu gefährlich und gefährde die gesamte Organisation. Wenn es die Corona Bedingungen im Reiseverkehr wieder zulassen, könnten sie zurück nach Litauen kommen und würden von allen Aufgaben innerhalb der Organisation befreit werden. „So richtig verstehen kann ich das jetzt nicht!", stößt Linas hervor, während er an seinem Pistazieneis schleckt. „Das stellt wiederrum einen dicken Freundschaftsbeweis erster Güte dar. Ich habe es ja immer gesagt wir sind da gut aufgehoben. Die lassen uns nicht im Stich!" sagte Gintanas der sowieso immer etwas fatalistisch eingestellt ist und an das große Ganze glaubt, anders als sein Bruder Linas. „Wir werden trotzdem nach den Ringen suchen, wäre doch gelacht!"

Um 12 Uhr bekam Arne Hatterer als erster der Dienststelle die Nadel in den Oberarmmuskel. Er spürte so gut wie nichts als er vom Besucherstuhl im Verhörzimmer wieder herunterrutschte. Es ging zügig weiter, das mobile Impf-Team hatte bis 15 Uhr alle anwesenden Beamte, Schreibkräfte und Reinigungs- frauen durchgeimpft.

Gabriel Dietz hat sich wieder voller Stolz, einen gol- denen Panthére-Ring angesteckt. Eva schlug vor, dass sie bei dem herrlichen Wetter mit dem Mercedes- Benz 300 SE Cabrio mit den roten Ledersitzen zum Impfzentrum fahren sollten. Den Wirtschaftswunder- schlitten hatte ihr Mann von seinem Vater geerbt. Die jährliche Lackpflege beim Etwashäuser Spezialisten Garage 86 durch eine spezielle Keramikversiegelung hat den Wert des Fahrzeugs deutlich gesteigert. Eva zog ein rotes Neckholder Kleid und einen Hut ähnlich dem den Audrey Hepburn im Film Frühstück bei Tiffany getragen hatte, an. Das war natürlich ein ech- ter Hingucker. Als sie so an der Roten Ampel vor der Kreuzung Schützenstraße Kaltensondheimer Straße Richtung B 8 standen, die Sonne schien in den Wagen und Gabriel hatte seine Hände oben auf das Mahagoni Lenkrad gelegt, schauten zwei Männer in Arbeitsklei- dung, beim überqueren des Fußgängerübergangs ver- dutzt auf das Innere des Fahrzeugs. Die Ampel schal- tete auf Grün. Gabriel gab Gas. An der nächsten Am- pel, Kitzingen ist bekannt für seine zahlreichen Am- pelanlagen, sahen sie ein Taxi die Straße vor ihnen langfahren. „Saß da nicht Gerlinde drin?" „Schatz ich habe nicht aufgepasst!" *Wieso haben die beiden oben*

am Fußgängerüberweg so auf meinen Ring gestarrt.
„Es ist Grün, du kannst fahren!"

Der Sechszylinder blubberte auf den Parkplatz zu.
Vor Ihnen stieg Gerlinde Dürnfelder schick gekleidet
aus dem Taxi. Sie sagte etwas zum Taxifahrer und
stolzierte dann ins Impfzentrum.

„Sie können hier nicht stehenbleiben! Fahren sie bitte
auf den Parkplatz!", sagte ein mit einer gelben Sicher-
heitsjacke bekleideter Mann laut und forsch zu dem
erschrockenen Pärchen.

Der gesamtgesellschaftliche Nutzen des Impfens gilt
als unumstritten, es ist die große Hoffnung der Politik, der Wirtschaft und aller klardenkenden Menschen.

Die Schreibkraft an der Registrierung lästerte zu einem anwesenden Sanitäter, dass Ginger und Fred kä-
men. Beide lachten. Eva sagte zu Gabriel das er sich
nicht aus der Ruhe bringen lassen sollte: „Die lachen
über uns!" „Die sind doch nur neidisch auf dein tolles
Outfit!" *Gott habe ich Angst vor der Spritze.*

„Hereinspaziert! Wie geht es euch?" Aus einer gelös-
ten Gerlinde Dürnfelder schoss die gute Laune lava-
ähnlich empor. Sie strahlte die Beiden an. „Ich bin
schon fertig!" „Schön! War es schlimm?" Gerlinde
hat den Satz von ihrer früheren Chefin nicht mehr gehört. Das Handy am Ohr: „Joe, könnten sie mich bitte

abholen. Ich bin fertig und warte draußen auf sie!" Sie schwänzelte hinaus und dachte *die beiden habe ganz schön blöd geschaut wie sie mein tolles Outfit gesehen haben.*

Sie wollte dann noch zum Aldi, der als erster Discounter in Deutschland mit dem Verkauf von Corona-Selbsttests begonnen hatte. Der Andrang auf die Filialen war aber so groß, dass sie keine mehr bekommen wird. Dagegen sah sie in der Wartezeit auf das Taxi, dass sich zwei Männer in Arbeitsanzügen an dem Cabrio von Eva Kraus herumdrücken. Der eine schnupfte irgendetwas und lud dann drei Charlottenburger* ab, was ihr sehr missfiel. So wie es aussah, machten sie mit dem Smartphone Bilder des Wagens und schrieben sich die Autonummer auf. Auf der Rückfahrt erzählte sie Joe davon, der dann später seinen Freund Yogi anrief und alles erklärte was ihm seine zurzeit beste Kundin erzählt hatte. Der wiederrum wollte sich noch am Abend bei den Besitzern melden.

Die beiden Litauer schickten alles über die Telegramm Messenger-Apps nach Klaipėda, in ihre „Zentrale" und warteten auf nähere Infos. Mit einem Anruf Sammeltaxi fuhren sie nach Etwashausen und gingen noch etwas an den hinteren Seen spazieren. Das Wetter war einfach zu schön um sich schon in ihre Gastroküche zurückzuziehen. Mit einem Russen oder Russlanddeutschen ganz wie man will, kamen sie dabei zufällig ins Gespräch, als dieser sie bat eine Einbauküche die er gerade geliefert bekam mit abzuladen. „Spasibo!" Sie kannten den Mann nur vom „Sehen" vom Eisbaden im Main. „Wollt ihr einen Wooodka?" Da sagten die beiden nicht nein. Alexander Mellem, so hieß der Mann vom Unteren See, erzählte den Beiden, dass er ein weiteres Haus verwalte. Die Besitzer seien in ein Altenheim gezogen und wollten aber das Haus nicht vermieten noch verkaufen. Er fragte die Beiden, weil er sie gut leiden konnte und weil sie ihm so unproblematisch sofort geholfen hatten, als er sie gefragt hatte, ob sie nicht für einige Monate dort einziehen möchten. „Hier Schlüssel. Nastrovje! Ist zwar sehr laut im Haus aber mit genügend Wooodka am Abend kann man trotzdem schlafen gut!"

Die Inzidenz Werte gingen Unterfrankenweit zurück: Sieben-Tage-Inzidenz: Werte in Unterfranken (Stand Sonntag, 7.März 2021 Quelle: RKI).

Würzburg Stadt: 39,9
Würzburg Landkreis: 33,9
Schweinfurt Stadt: 58,0
Schweinfurt Landkreis: 42,4
Landkreis Kitzingen: 30,7
Landkreis Main-Spessart: 57,1

Damit waren zumindest die Geschäfte in Kitzingen wieder geöffnet und die beiden konnten am Montag richtig einkaufen und sich frisch einkleiden. In ihrer neuen Bleibe hatten sie sogar einen Internetanschluss und ein Festnetztelefon. Die Sachen aus der Küche in der aufgelösten Gastwirtschaft holten sie gar nicht mehr. Die Betten waren himmlisch, sie schliefen gut wie lange nicht mehr.

Mathilda meldete sich krank. Das Vakzin Astra Seneca vertrug sie nicht so gut und sie hatte Nebenwirkungen zu verkraften. „Morgen bin ich wieder fit!" stöhnte sie zu Yogi Weber, der sich gerade die Dienstklamotten anzog.

Auch Frau Hildegard Zeiher, die neue Schreib- und Bürokraft ist nicht zum Dienst erschienen, sie schilderte am Telefon dieselben Symptome wie Mathilda. Weiche Knie und Schwindelgefühle und leichte Kopfschmerzen.

„Kaffee heute doch noch selber Kochen!" bestimmte Hatterer in einem leichten, scharfen Tonfall. „Aber nicht ich!" kam es aus Marlenes Ecke, „heute ist Weltfrauentag!" *Na dann mache ich es halt selber*, dachte Hatterer auf dem Weg zur Kaffeemaschine.

Es gab einige Neuerungen auf der Dienststelle. Nach einem Beschluss des Innenministeriums wurden die Dienststellen auf dem flachen Land besser ausgestattet. Das eine Dienstzimmer wurde auf vier erweitert. Schon nächste Woche konnten sie umziehen und alles neu einrichten.

Yogi kam zur Türe herein. Wie immer sportlich gekleidet. Manchmal fragte sich Hatterer ob Yogi nur Laufschuhe zum Anziehen besitzt. Der wiederum berichtet was ihm sein langjähriger Freund Joe am

Telefon erzählt hat. „Dann nichts wie hin, nimm Marlene mit und seid vorsichtig."

Hatterer ist ein Opportunist. Er ist es, seitdem er vor Jahren festgestellt hatte, dass in der Geschichte der Menschheit, nicht die Sturköpfe gewinnen, sondern die Angepasstesten, so geworden. Er hat Marlene ihre Eskapaden mit dem Gangsterboss verziehen und er hat sie wieder aufgebaut und sie wieder als Polizistin auf einen guten Weg geführt. Es freut ihn zu sehen wie sie wieder beflissentlich ihren Dienst verrichtet, auch wenn sie zwei Gehaltsstufen zurückgefallen ist und jetzt versucht ihre Arbeit als Kriminalpolizeimeisterin, so gut zu machen, dass sie wieder nach oben kommt. Es soll an seinen Beurteilungen nicht liegen.

Bundesjogi Löw gibt seinen Rückzug bekannt. Rudi Weingart kommt herein und hört es mit im Radio und sagt dann in seiner kernigen Art: „Danke Yogi für den WM-Titel! Danke dafür, dass Männer sich jetzt in der Öffentlichkeit am Sack kratzen können und danke, dass du jetzt endlich gehst. Eigentlich wollte ich nur sagen, dass ich über Ostern Urlaub eingereicht habe, Bleibt negativ und Tschüss."

Der Inzidenzwert in Kitzingen ist am Mittwoch auf 21,8 gesunken. Die Läden haben geöffnet, überall in der Stadt stehen bei windigem aber sonnigem Wetter Menschen mit Kaffeebecher in der Hand herum. Im

Park spielen die Senioren/innen Boule, ohne Maske und Abstand. Man könnte das Gefühl bekommen, dass alles vorbei sei. Hatterer kommt mit den Ermittlungen nicht weiter. Aber die neue Bürokraft ist ein Lichtblick. Sie hatte sich am Morgen bei Hatterer vorgestellt. Ihm gefiel ihr Outfit sehr gut und er bekam dabei große Augen. Sie trug ein rotes, ärmelloses A-Linien Kleid mit Spaghetti-Trägern mit Tüll Applikationen. Es war tief ausgeschnitten und betonte sehr offenherzig ihr großes Dekolleté, dazu knallrote Lippen und eine Cat Eye Brille im Vintage Style. Hatterer hüstelte. „Hallo, ich bin Hildegard Zeiher. Sie können aber Hildie zu mir sagen. Ich mag Hildegard eigentlich nicht, aber so stehts halt im Ausweis. Ich weiß nicht was sich meine Eltern dachten als sie mich Hiiildegard tauften!" Hatterers Augen funkelten und er sagte zu ihr, dass sie sich nicht für ihren Namen entschuldigen müsste. Hatterer der sich zu einem Handkuss hinreißen ließ, wollte schon zu ihr sagen das sie Hattiie zu ihm sagen kann. Er war von ihrem Charme wie gebannt. Irgendwie hat ihn der Pfeil Amors getroffen.

Yogi der gut gelaunt auf der Dienststelle einfliegt, berichtet, dass er noch nicht bei den Leuten war. Er wird ihnen mitteilen was der Taxifahrer ihm gesteckt hatte: „Ich war noch nicht bei Eva Kraus und Gabriel Dietz werde es heute aber nachholen." Dann sah er „Hildie" und er pfiff durch die Zähne.

Gintanas und Linas Jaskaunas bekamen Nachricht aus Litauen. Das Kennzeichen gehört einem gewissen Dr. Ewald Kraus. Als Adresse bekamen sie die eines Ärztehauses in der Friedenstraße. Sie sollten aber nur unauffällig weitermachen und keinen Blödsinn anstellen. Man kannte sie eben in der „Firma".

In der Nacht auf Freitag tobte sich das Sturmtief Sabine, mit Blitz, Donner und Hagel über Franken aus. Hatterer traf an dem Morgen bei einem tollen Sonnenaufgang in der Nähe des Bleichwasen-Parkplatzes, von wo er sich auf den Weg zur Dienststelle machte, auf den Nichtsesshaften Beatnik Gerd, der sich gerade an einer Stromsäule des Wohnmobilplatzes einen Kaffee kochte. Er kannte ihn noch vom letzten Jahr als er ihn an genau derselben Stelle getroffen hatte. Er erkundigte sich nach Hatterers früherem Chef Kilian von Stein, der ihn vor Jahrzehnten einmal wegen Gemüsediebstahls eingebuchtet hatte. „Er hat heute seinen Todestag!" Hatterer fiel es wie Schuppen von den Augen. Für seinen früheren pensionierten Chef Kilian von Stein, bedeutete dessen Skiurlaub Ende Februar 2020, den er wie jedes Jahr in Ischgl verbrachte, das Ende seines sehr kurzen Pensionistenlebens. Fünf Tage war er nach seiner Rückkehr noch symptomfrei, dann bekam er Husten, Schnupfen und Fieber und wurde mit weichen Knien in ein Krankenhaus in Würzburg eingeliefert. Als ihm die Bettwindeln angelegt wurden, war er schon nicht mehr bei Bewusstsein. Das Beatmungsgerät leistete

Schwerstarbeit, es nütze nichts mehr. Er verstarb an einer schweren Lungenembolie. Hatterer nahm sich vor, heute das Grab von Kilian von Stein zu besuchen.

Die Inzidenz ist weiter auf 14,8 in Kitzingen gesunken, liest Marlene Rupisch in der Mainpostille. Tiefstwert in Deutschland.

Linas Jaskaunas wählte die Nummer einer Arztpraxis im Ärztehaus in der Friedenstraße in der Nähe des immer noch geschlossenen Bahnhofes. Er bekam aber nicht die Auskunft die er suchte. Wahrscheinlich drückte er sich falsch aus, dazu kam sein osteuropäischer Dialekt. Immerhin bekam er eine weitere Telefonnummer einer weiteren Arztpraxis und einen Namen von einer Frau die schon seit „Menschengedenken" in dieser Praxis arbeitet und wenn es hier im Haus einen Dr. Kraus einmal gegeben hat, dann sollte sie darüber Bescheid wissen.

Margarete Steinmüller war eine sehr vorsichtige Frau und das nicht nur im Berufsleben. Ihr Mann war schon seit einiger Zeit verstorben. Trotz ihrer 62 Jahre hatte sie einen Geliebten, den sie zwar selten dafür aber regelmäßig empfing. Er war verheiratet und deshalb waren sie beide sehr vorsichtig. Sie wollte nicht auf körperliche Nähe verzichten. Jedenfalls sagte sie dem Anrufer, dass sie keinen Dr. Kraus kenne und dass auch kein Dr. Kraus hier im Ärztehaus praktiziert hat. Weil sie so vorsichtig und misstrauisch war, kam ihr der Anruf sehr spanisch vor. Sie legte auf und wählte dann sofort die Nummer von ihrer Freundin Eva Kraus und erzählte ihr von dem seltsamen Telefonat mit einem Russen wie sie sich ausdrückte.

ER war irgendwie cleverer als die beiden Litauer. Autoaufbreiter Ansgar erzählte ihm zwar nur mit Widerwillen wem das Benz 300 SE Cabrio gehört und dass die Besitzer sehr zufrieden mit der Keramikversiegelung waren, mit dem er das Fahrzeug behandelt hatte. Als der Mann aber erzählte, dass er Geschäftsführer einer Oldtimer Community mit einem angeschlossenen Museum sei, wurde Asgar hellhörig und gab die Adresse der Besitzerin an ihn weiter. ER nahm ein paar Werbezettel und Preislisten mit und verschwand. *Jetzt muss ich die beiden Volltrottel erst mal loswerden und dann hole ich mir die Sachen,* dachte er im Stillen.

Ansgar googelte im Netz nach einem Museum in Brandenstein. Wurde aber nicht fündig und verständigte darauf hin seine Kundin Eva Kraus.

Gerlinde Dürnfelder hörte im Radio, dass wegen den stark gesunkenen Corona-Infektionszahlen die Bundesregierung die Reisebeschränkungen für Mallorca aufgehoben hat. Mallorca gilt ab Sonntag wie auch die anderen Balearen-Inseln nicht mehr als Risikogebiet, wie das RKI mitteilte. Damit verbunden ist auch die Aufhebung der Reisewarnung des Auswärtigen

Amts. Urlaub auf Mallorca ist wieder ohne Quarantäne und Testpflicht nach der Rückkehr möglich. Sie rief bei ihrem Taxifahrer an. Montag um 5 Uhr geht es los. Sie freut sich auf ein bisschen Wärme und Abwechslung. Das Wetter in Mainfranken war seit einigen Tagen nicht besonders prickelnd. Regen und stürmischer Wind waren die äußeren unangenehmen Begleiterscheinungen des Wochenendes seit Freitag und die Aussichten sagten so schnell keine Wetteränderung voraus.

Auf einem sozialen Netzwerk postet ein Nutzer. Niedrigste Inzidenz - höchste Temperatur - geilster Triathlon. Die Stadt der Superlative. Kitzingen hatte einmal den deutschen Hitzerekord inne und war die heißeste Stadt Deutschlands, jetzt mit einer Inzidenz von 8,8 war sie abermals die Stadt in Deutschland mit der niedrigsten Inzidenzzahl. Wie lange halt. Die britische Mutante des Virus breitet sich unaufhaltsam vom Grenzgebiet zu Tschechien aus.

Eva Kraus drückt das Gespräch weg. Ansgar Willinger verständigte sie, dass sich ein Mann nach ihrem Coupe erkundigt hatte. Er wird sich demnächst bei Ihnen melden. *Komisch* dachte sie, *schon die zweite Nachricht, dass sich jemand nach uns erkundigt.* Zum ersten Mal dachte sie daran, dass das alles mit den Panthére Ringen zusammenhängen könnte. Dann klingelte es an der Tür. Sie schaute durch den „Spion" in der Tür. Ein gutaussehender junger Mann stand davor. „Ja bitte?", hörte dieser eine etwas ängstliche Stimme aus dem Außenlautsprecher. „Mein Name ist Yogi Weber, Kriminalpolizei. Ich wollte sie auf etwas hinweisen!" „Gabriel kommst du mal. Vor der Türe steht ein Mann von der Kripo!"

„Ich möchte es kurz machen. Also ein befreundeter Taxifahrer hat mich angerufen und mitgeteilt, dass am Donnerstag zwei Männer um ihren Oldtimer herumgeschlichen sind. Sie waren doch am Donnerstag im Impfzentrum. Also, die beiden haben Fotos gemacht. Sie können sich nicht erklären warum die das gemacht haben könnten? Wir haben die Beiden seit kurzem auf dem Schirm können sie aber nicht einordnen. Vielleicht können sie uns da weiterhelfen?"

Gabriel schluckte und Eva sagte trocken, dass sich die Beiden wohl für ihr schönes, altes Coupe interessiert hätten. Es gibt so viele Oldtimer Liebhaber, auch im Osten.

„Ja kann sein, aber wie kommen sie darauf, dass die beiden aus dem Osten kommen könnten?"

„Eine befreundete Frau hat uns angerufen und erzählt, dass ein Mann mit osteuropäischem Akzent bei ihr in der Arztpraxis angerufen hatte um sich nach meinem verstorbenen Mann zu erkundigen. Darum denke ich, dass es sein könnte, dass die beiden Männer aus

Osteuropa stammen. Da soll es doch diese Autoschie-
berbanden geben die im Auftrag teure Autos klauen!"

„Okay. Also, wenn Ihnen noch was einfällt oder sie
etwas bemerken, dann gebe ich ihnen hier mal meine
Karte! Ich finde alleine raus. Wiedersehen. Hämm,
eine Frage habe ich doch noch. Besitzen sie ein
Smartphone von Bellparre? " Die Beiden schauten
sich an und Gabriel sagte dann bestimmt, dass sie
Beide kein Smartphone dieser Marke besitzen. „Wir
telefonieren sowieso ganz wenig!"

Sie konnten nicht wissen, in was für einer schwieri-
gen Lage sie sich mittlerweile hineinmanövriert hatten. Sie werden es aber bald merken. „Gabriel! Die
Ringe müssen weg. Wir vergraben das Köfferchen
am besten hier irgendwo im Garten!" Sie konnten
nicht wissen, dass in einem Extraversteck im kleinen
Köfferchen sich ein wahres Juwel befand.

ER hatte etwas verpasst. Die Beiden wohnten nicht
mehr im Steinhaus und auch nicht in der verlassenen
Gaststätte. Anscheinend hatten sie was Besseres gefunden als die beiden Lost Places wo sie zuletzt hausten. Sein Auftraggeber machte Druck. *Die scheiß Su-
cherei kotzt mich an.* Aber das Honorar war dement-
sprechend und er träumte von einem Häuschen auf
der kleinen griechischen Insel Telendos.

Bei einer Auktion eines bekannten Hauses in Genf zahlte ein Prinz aus den Emiraten 30 Millionen Euro für einen 18 Karat schweren Stein, dem "Pink bequest", dessen gleichmäßige Farbe unter Experten als außergewöhnlich eingestuft wird. Nur sehr wenige Diamanten habe eine solche Qualität, hieß es in verschiedenen Expertisen. Vor der Auktion war er schon mit 18 Millionen aufgerufen worden.

Yogi spürte beim Zurückfahren in die Dienststelle, dass da irgendetwas nicht stimmt. Er weiß nur noch nicht was es ist.

Im dritten Öffnungsschritt nach dem 8. März 2021 bei einer Inzidenz von unter 50 war es den Menschen erlaubt das sich 10 Personen kontaktfrei treffen können. „So Leute, wie wäre es mit einem Feierabendbierchen unter freien Himmel?" Hatterer ging voran. Zu Fuß marschierten sie die wenigen hundert Meter in den Schwalbenhof. Die dortige griechische Wirtin schenkte Bier to go aus oder wie Marlene immer sagte Togo. Hatterer verbesserte sie dann immer aufs Neue das Togo ein Staat in Westafrika sei und vor über hundert Jahre deutsche Kolonie war. „Prost Leute!" Yogi stieß mit Mathilda im Pappbecher an und fragte sie dabei ob sie sich noch an die Überwachungsaufnahmen vom Buchbrunner Bahnhof erinnern kann. „Da war doch ein älteres Pärchen darauf zu sehen, wenn

ich mich recht erinnere!" „Prost Yogi, das klären wir
morgen. Heute habe ich mit dir noch was viel Schöneres vor!"

Beim Chinesen gegenüber stehen Kunden Schlange.
Seine Bratnudeln mit Hähnchen sind legendär.

Marlene, die nach dem zweiten Bier schon leicht an-
geschickert ist, will ein Selfie mit der ganzen Brigade
machen. „Marlene hör auf, ich möchte das nicht!"
lallte Mathilda, ihren schmusenden Yogi am Hals
hängend. Sie drückt trotzdem ein paarmal ab. „Ich
glaube uns reichts!" Hatterer holte trotzdem noch eine
letzte Runde Bier und Ouzo und für sich ein große
Portion Knoblauchkartoffeln. Die sich plötzlich alle
anderen auch am Ausgabeschalter bestellten. Nur
Marlene nicht. „Ich mag keinen Knoblauch!" Ab in
den Feierabend.

Die Inzidenz ist am Samstag in Kitzingen noch weiter
gefallen. Bundesweit mittlerweile wieder mit dem
niedrigsten Wert. Isabella und Petra beschließen einen Stadtbummel in Kitzingen zu machen und dabei
die World Press Ausstellung in den Schaufenstern der
Geschäfte anzuschauen. Eis essen und Kaffee aus
dem Pappbecher schlürfen. Arne, Delcy und die Schlerets sind auch mitgekommen. Eine Horde Querden-
ker kam ihnen auf der Alten Mainbrücke entgegen als

sie auf dem Weg ins ehemalige Gartenschaugelände waren. „Idioten!" kam über die Lippen von Schleret. Hatterer machte ein paar Fotos, man weiß ja nie. Recht sollte er haben.

Marlene stand spät auf, sie hatte keine Bereitschaft, aber einen schweren Kopf. Sie brauchte jetzt einen starken Kaffee. Es war doch ein bisschen viel gestern gewesen. Sie ließ sich ein heißes Bad in die Badewanne ein und genoss den Duft von Lavendel und Kaffee. Sie schob zwei gefrorene, vorgebackene Brötchen in den heißen Backofen und quetschte dann, nachdem sie etwas erkaltet waren jeweils einen *Schaumkopf hinein. „Boxer" nannten sie es früher in der Schule. Nachdem der PC hochgefahren war lud sie die lustigen Bilder des vergangenen Abends hoch um sie später an ihre Kollegen zu verschicken.

Trotz miserabler Wettervorhersage war das Wetter dann doch besser als gedacht. Die Familie machte erneut, nach dem Mittagessen, einen längeren Spaziergang. Diesmal aber vor der Haustüre zur Lorenz-Quelle. Delcy fuhr mit seinem Dreirädchen auf den Betonwegen rund um Kaltensondheim. Hatterer hatte vergessen, wie aggressiv die mainfränkische Sonne im Frühling sein konnte. Sie brannte auf sein schon etwas lichtem Haar. Am Abend auf der Couch liegend, wird er durch ein Geräusch wach. Im Fernsehen läuft eine Talkshow. Wahlen in Baden-Württemberg und Rheinland-Pfalz. Dem Moderator ist ein Glas heruntergefallen. Den „Tatort" hatte er total verpennt. *So what*.

Nachdem Mallorca seinen Status als Risikogebiet durch das RKI verloren hatte, sind bereits über 50 000 Deutsche in nur drei Tagen auf die Insel gekommen. Aber auch dort gelten strikte Hygiene- und Ausgangbeschränkungspflichten die einen Urlaub nicht unbedingt unbeschwert machen. Zudem kommt der erhöhte Preis bei den Flügen.

Yogi trieb sein Gefühl das ganze Wochenende um. An der Bilderwand des Mordfalles von Buchbrunn fand er sich dann bestätigt und es erleichterte ihn was er da sah. *Das müssen die Beiden doch sein*, denkt er sich als er die Bilder der Überwachungskamera vom Buchbrunner Bahnhof sieht.

Auch Hatterer macht am nächsten Morgen einige Entdeckungen. Auf den Bildern die Marlene, in ihrer Messager-Gruppe verschickt hatte sind die beiden litauischen Brüder deutlich zu erkennen, als sie in der Schlange stehend vor dem Chinesen Imbiss warten. *Verdammt so nahe dran waren wir*. Dann sah er sie sogar nochmal. Ein zweites Mal auf den Bildern der Querdenkerdemo auf der alten Mainbrücke. Alle

Menschen auf dem Foto trugen Masken. Nur zwei am Geländer lehnende Männer trugen keine und das sind die beiden Brüder. *Verdammt.*

Aber das wichtigste kommt noch. Marlene hatte die Bilder, die sie im Netz von den Beiden gefunden hatte von Hildegard Zeiher der neuen Bürokraft, durch eine Gesichtserkennungssoftware laufen lassen und da, auf einem Bild sind die beiden Brüder zusammen mit dem Buchbrunner Toten Anton Bluvsteinas und einem gewissen Waldas Aschmoneit abgebildet. Für Frau Zeiher war das natürlich ein Einstand nach Maß und auch Marlene Rupisch sammelte damit Beförderungspunkte. „Gut gemacht Hildie!" Hatterer gab ihr einen Klaps auf ihren knackigen Hintern. Mit dem sie dann wiederum in ihr Büro hineinwackelte. *Was für eine Waffe*, dachte Hatterer.

Hatterer beraumte dann unverzüglich eine große Dienstbesprechung im neuen Besprechungsraum an. Es roch noch nach frischer Farbe. Auch Tische und Bestuhlung waren nagelneu. „Leute, so wie es aussieht sind wir in dem Buchbrunner Mordfall jetzt einen kleinen Schritt weiter und haben einen Ansatzpunkt, der frischen Wind in die Ermittlungen bringen wird!" „Apropos frischer Wind. Macht doch bitte mal ein Fenster auf. Irgendjemand von euch hat gestern etwas ganz entsetzliches gegessen!", jammerte

Seltermann. Mathilda stand auf und öffnete ein Fenster. Rudi Weingart rutschte auf seinen Stuhl herum. Hatterer hielt inne, weil Yogi hereinspazierte und mit einem Zettel winkte. „Ich habe auch noch was Interessantes entdeckt". „Okay. Yogi du zuerst." Yogi ging an den Schreibtisch der ganz vorne stand und fühlte sich dabei schon wie der Dienststellenchef. „Leg los!", rief Marlene. Er steckte die linke Hand ganz lässig in die Tasche seiner verwaschenen straighten Regular Jeans über die er ein weißes T-Shirt trug. „Macht mal Licht aus, bitte!" Mit dem Beamer warf er Bilder der Überwachungskamera des Buchbrunner Bahnhofs an die Wand, dann noch zwei Bilder des älteren Paares bei dem er gestern zu Besuch war und die er am Morgen beim Spaziergang mit dem Tele fotografierte. „Das sind doch die gleichen Personen!", stellte er überzeugend fest. „Soll ich das alles mitschreiben!", fragte Hildie. „Ja warum eigentlich nicht!" stellte Hatterer trocken fest und himmelte sie dabei an, um dann gleich auf seine Entdeckungen zu kommen.

Dann fasste er zusammen. „Die beiden Litauischen Brüder Gintanas und Linas Jaskaunas und das Mordopfer Anton Bluvsteinas kannten sich. Eva Kraus und Gabriel Dietz waren kurz nach dem Mord am Bahnhof von Buchbrunn. Die beiden Litauer versuchen herauszubekommen wo die Beiden wohnen. Meine

Vermutung geht dahin, dass sich das ältere Paar, an diesem Tag gab ja einen richtigen Schneesturm, dort in der Scheune untergestellt hatte. Den Mord traue ich den Beiden nicht zu, aber es kann doch sein, dass sie irgendetwas gefunden und mitgenommen haben das den Litauern gehörte! Oder was meint ihr dazu?" „Wars das? Ich muss mit Yoda Gassi gehen. Aber Gratulation Hatterer so könnte es gewesen sein!" Weingart zog sich seine curryfarbene Steppjacke mit dem dunkelroten Innenfutter an und ging hinaus. Begleitet von Yogis Bemerkung, dass er heute wieder sehr schick aussieht. Den Mittelfinger sah niemand mehr im Raum.

Mit zwei Einsatzfahrzeugen fuhren die Beamten der Kitzinger Dienststelle am nächsten Morgen los. Unterstützt von einem Streifenwagen der Schutzpolizei mit Polizeianwärterin Ramona Wilke, Polizeimeister Silas Scheck und Polizeiobermeister Nils Stahl. Es dauerte seine Zeit bis Hatterer den Staatsanwalt und der wiederum einen Ermittlungsrichter davon überzeugt hatte, um den nötigen Durchsuchungsbescheid und die Verhörvorladung zu bekommen.

Im Radio kommt die Meldung, dass das RKI vor der dritten Welle warnt. „Da kommt noch was auf uns zu!" schnaufte Marlene. Hatterer sagte zu ihr abermals, dass ihr die Hochsteckfrisur sehr gutsteht.

Eva Kraus öffnete verstört dir Tür. Hatterer zeigte Durchsuchungsbescheid und Vorladung. „Jetzt hol schon den Scheißkoffer, fauchte sie Gabriel an!" Der in Begleitung von Mathilda Gamroth den kleinen Alukoffer im Schlafzimmer holte. Dort roch es sehr angenehm nach, Mathilda kam nicht drauf nach was es roch. *Aber sehr angenehm in der Nase,* dachte sie. „Darf ich den Vögeln noch frisches Wasser geben?" fragte Eva schüchtern. Dann gings ab auf die Dienststelle.

„Sie waren also dort gewesen!", stellte Hatterer, im Sessel mehr liegend als sitzend, fest. Gabriel Dietz und Eva Kraus saßen wie aus Stein gemeißelt im Verhörzimmer. Dann plötzlich sprudelte es aus Eva heraus. Sie seien dort gewesen, weil sie sich unterstellten wegen dem Schneesturm. Dann hätten sie den Toten bemerkt. Ihr Handy fiel vor Schreck herunter. „Ein Bellparre!" stellte Hatterer fest. Hinter der Verhörscheibe sagte Mathilda zu Yogi, dass sie es doch gewusst hätte. „Ist doch scheißegal jetzt!", erwiderte Yogi. Dabei dachte er, dass so eine verspiegelte Scheibe die er bisher nur aus Fernsehkrimis kannte, doch ganz praktisch sei. „Ja, ein Bellparre. Wir haben nicht damit gerechnet in der Scheune einen Toten zu finden. Wie haben uns zu Tode erschrocken und dann aus Versehen das Köfferchen mitgenommen!" Hatterer stand auf, er war sichtlich erregt. „Aus Versehen, dass ich nicht lache, sowas nimmt man doch nicht aus

Versehen mit. Mit einer Anzeige wegen Unterschlagung von Beweismaterial müssen sie in jedem Falle rechnen. Haben sie etwas aus dem Koffer entnommen?" Hatterer hatte jetzt wieder einen Blick angenommen wie der Old Englisch Bulldogge des älteren Herrn den er ab und zu in der Fußgängerzone trifft. „Nein natürlich nicht!", und Eva fügte hinzu, dass es zwar komisch klingen mag was sie jetzt erzählt aber es war wirklich so. „Gabriel versuchte den Koffer mit einem Stemmeisen zu öffnen. Er schaffte es aber nicht. Ich versuchte es dann stundenlang mit allen möglichen Zahlenkombinationen. Nichts. Einige Tage später dann beim staubsaugen versuchte es Gabriel noch einmal und siehe da, der Deckel ging auf. Besser gesagt ich glaube, dass er gar nicht mehr richtig verschlossen war!" „Hmm!", murmelte Hatterer, „Sie meinen also, dass sich jemand an der Schatulle vergriffen hatte, ohne dass sie es bemerkt hätten? Wer käme denn da in Frage?", „eigentlich nur unsere Putzfrau, aber die war nur ein einziges Mal in dem fraglichen Zeitraum bei uns!" Hatterer schaute mit Augenaufschlag zur verspiegelten Scheibe und hob den Zeigefinger. „Das kann ja trotzdem reichen und wie heißt die Putzfrau und wo wohnt sie!"

Hatterer stürmte aus dem Verhörraum und schickte Yogi und Mathilda zur angegebenen Adresse.

„Können wir jetzt gehen?", fragte Eva Kraus dann mit angstvoller Stimme nach einer Weile. Hatterer führte die Beiden ins Schreibbüro zu Frau Hildegard Zeiher wo sie das Protokoll, sobald es fertig ist, unterschreiben sollen. „Dann können sie nach Hause! Passen sie auf sich auf, wie es scheint wissen verschiedene Leute, dass sie den Koffer haben, es war aber auch unvernünftig sich so einen protzigen Panter Ring anzustecken und in der Gegend herum zu kutschen!" sagte Hatterer mit fester Stimme. „Ich sorge dafür, dass die Streife öfters am Tag bei ihnen vorbeifährt und nach dem Rechten sieht. Sie können natürlich auch zu Bekannten fahren. Übernachtungen sind ja nicht erlaubt in der jetzigen Situation der Pandemie. Zeugenschutz kann ich ihnen für das Vergehen nicht anbieten. Das wars. Aud Wiedersehen!" „Lieber nicht!" hörte man dann Eva Kraus sagen.

Yogi und Mathilda kamen zurück. „Nichts, niemand hat geöffnet!" „Durchsuchung bekommen wir nicht, Fahndung auch nicht, öffentlicher Aufruf ist Quatsch. Ihr fahrt morgen einfach nochmal hin. Aber wenn Dietz den Koffer mit dem Stemmeisen nicht aufbekommen hat, dann wird es wohl die Putzfrau auch nicht geschafft haben. Zudem ist sie ja auch schon eine Rentnerin," stellte der Dienststellenchef fest. „Täusche dich nicht in Rentnerinnen. Die haben manchmal mehr drauf als du denkst, wenn ich da an meine Taufpatin denke, die mit 72 Jahren noch Marathon läuft." „Okay, okay, ich nehme alles zurück."

Marlene kam herein. „Habe ich was verpasst? Es gibt Neuigkeiten. Beim Durchleuchten des Köfferchens, das ich beim Orthopäden nebenan veranlasst habe, wurde noch ein Seitenfach entdeckt, und ich kann es selber gar nicht glauben, aber es ist der „Pink bequest". Ein 20 Millionen Schmuckstück, das da zum Vorschein kam. Ich habe eine Expertise beim LKA angefordert. Den Ring sollten wir in einem einbruchsicheren Tresor unterbringen. Der Juwelier am Krainberg hat jedenfalls ebenfalls gemeint, dass es der "Pink bequest" sei."

„Boah ey, da muss ich mich jetzt erst einmal hinsetzen." Hatterer wischte sich den Schweiß von der Stirn. „Ihr wisst was das bedeutet. Absolute Nachrichtensperre. Wenn die Zeitungsfuzzis Wind davon bekommen, ist hier der Teufel los. So, dann erst mal Mittagspause!"

Hildie schwänzelt vorbei. Hatterer ihr nach. Sie waren die einzigen zwei in der Dienststelle. „Na Herr Hauptkommissar, das mit dem Klaps auf meinem Po, war nicht so toll, oder?" Hildie schaute ihn ganz lasziv an und verzog die Lippen zu einem Schmollmund. „Entschuldigen sie bitte. Sie haben ja recht, das ging gar nicht. Ich weiß nicht was in mich gefahren ist!"

Hildie lachte und zog Hatterer am Schlips zu sich. „Komm Hattie, ich will es doch auch!"

Bund und Länder haben für Ostern die Devise "Wir bleiben zu Hause" ausgegeben und einen strengen Lockdown beschlossen. Zum Teil werden Corona-Regeln verschärft, zum Teil belässt es die Politik bei Appellen. Einige Fragen sind noch offen. Am nächsten Tag rudert die Kanzlerin zurück. „Ich bitte alle Bürgerinnen und Bürger um Verzeihung" Die geplante Osterruhe, der harte Lockdown über die Feiertage, wird wegen rechtlicher Probleme gestoppt. Die Kanzlerin übernimmt die Verantwortung. Ihre Worte werden wohl in die Geschichte eingehen.

ER liest es in den Polizeinachrichten der Zeitung. Seine anatomischen Ressourcen ließen wie immer keine Regung zu. Er wusste aber jetzt was zu tun ist.

Es war für das kleine Städtchen sowas wie eine Sensation. Die Reporter der Lokalzeitung suchten vergeblich im Netz nach Bildern des kostbaren Ringes. Hatterer war außer sich. „Was für ein Arsch hat das in die Polizeinachrichten gestellt!" Yogi musste milde lächeln und sagte zu Hatterer, dass das wohl von Würzburg aus gegangen ist. „Meine verhängte Nachrichtensperre für euch bleibt bestehen!"

Die Inzidenz in Kitzingen stieg wieder auf über hundert. Was zur Folge hat, dass es wieder eine nächtliche Ausgangssperre gibt. Die Uhren wurden wieder auf Sommerzeit umgestellt und der Containerriese »Ever Given« steckt noch immer im Suezkanal fest. Yogis neue Felgen sollen sich an Bord befinden heißt es in einer Nachricht die er von seinem Händler erhalten hat. Yogi hat sie daraufhin abbestellt.

„Hattie, Telefon! Ich stelle durch!" Marlene, Yogi und Mathilda sagten im Gleichklang „HATTIE!" und lachten dabei. Arne Hatterer war das sichtlich peinlich. „Ja bitte!" schrie er ins Telefon. Es war die Polizeichefin. „Jawohl, wir heben die Nachrichtensperre sofort auf, obwohl es nicht viel zu sagen gibt!" Susanne Porzuck wollte dann wissen wo sich das gute Stück befand. „In einem Tresor bei einem Juwelier in Kitzingen!"

„Hattie vor einer halben Stunde hat der Computerservice angerufen!" Arne war jetzt auf Hundertachtzig. Er stürmte in die Schreibstube, schlug die Tür zu und machte Hildie rund. Seit diesem Tag sagte sie nie mehr Hattie zu ihm. Und auch so hatte sich ganz schnell das gegenseitige Verlangen nach dem Anderen ziemlich abgekühlt. Hatterer brauchte Luft. Er marschierte nach Hause. In der Bergstraße rempelte er mit einem bulgarischen Maler zusammen. „Langsam Meister!" Hatterer blieb stehen, schaute sich das neu renovierte Haus an und fragte den rauchenden Mann was so eine Isolierung des Hauses bei ihm kosten würde. „Weiß du Mann, ich bekomme mit meiner Mannschaft hungernden Lohn. Du musste fragen Chef von Firma für den ich mit meine Leute arbeite!" „Sieht auf jeden Fall sehr gut aus. Tolle Arbeit von euch!" „Danke du bist ein gut Mann!" Hatterer ging es wieder besser und er ging lockeren Schrittes nach Hause.

Ein Mann, im roten Arbeitsanzug, mit einem Straußenlogo auf der Brust, betrat das Büro. Hildie schluchzte noch und war gerade dabei sich ihren neuen, bunten Anorak, mit den geometrischem Muster, anzuziehen. „Chic!" sagte der Mann. „Ich soll eure PCs checken!" Hildie schaute ihn sehr traurig und fragend an und sagte nur, dass er es ohne sie machen müsste. Der Rest der „Firma" war ebenfalls gegangen. Alle vertrauten darauf das Hildie das mit dem Computer Menschen erledigen würde.

ER hatte wieder einmal das Glück auf seiner Seite und tauschte alle Computermäuse gegen Neue mit der GSM Wanze aus. Das Abhören der Dienststelle war jetzt ein Kinderspiel für ihn.
Das Wetter konnte besser nicht sein. Ende März über 22 Grad und 12 Stunden Sonnenschein. Es gab bereits den ersten Spargel. War es das schöne Wetter oder die vielen Besucher der World Press Schaufenster Ausstellung. So genau wurde das nicht ermittelt. Der Inzidenzwert in der kleinen Kreisstadt stieg jedenfalls

wieder auf über 140 an. Trotzdem hat ein Gericht entschieden, dass Schuhläden wieder öffnen dürfen. Es herrscht ein sangloses Durcheinander, die Politik scheint dem Corona Problem nicht mehr gewachsen zu sein. Astra Zeneca soll jetzt nur noch an über 60-jährige verimpft werden.

Gründonnerstag. Marlene Rupisch ist bei Gabriella Albers eingezogen. Sie wohnt am unteren See in einem kleinen Häuschen und machte Marlene ein sehr gutes Mietangebot. Kennengelernt hatten sich die Beiden ja beim Spazierengehen am Main. Viel mehr Möglichkeiten bietet ja die Pandemie Zeit nicht. Jedenfalls waren sie sich sehr schnell sympathisch. Sie trafen sich dann bald fast jeden Tag um eine Runde über die vier Kitzinger Brücken zusammen zu laufen. Sechseinhalb Kilometer für Dieses und Jenes in ihren Gesprächen. Marlene war froh, dass sie jemanden hatte mit dem sie sich unterhalten konnte. Im Laufe des Frühjahres schüttete sie ihr Herz aus und so bot Gabriella ihr an bei ihr einzuziehen, da sie sich ebenfalls sehr einsam fühlte. Beide hatten eines gemeinsam. Sie hatten einen blinden Fleck auf dem Herzen. Nach etlichen negativen Coronatests war es dann soweit. Viele Möbel hatte sie ja nicht. Ein altes, weißes Bett, im Vintage Style, dass sie einmal in einem Secondhand Laden kaufte und das passende Nachtkästchen dazu brachte sie mit. Als Kleiderschrank dienten diverse Rohrgestelle aus Metall.

Gabriella hatte gekocht, eigentlich sollte man, als gläubiger Christ, an Gründonnerstag nur grüne Sachen essen. Aber der gebürtigen Italienerin war das egal. Es gab Spinatmaultaschen mit Gorgonzola Soße, dazu enthäutete Tomaten die sie in kleine Würfelchen geschnitten hatte und mit einem leckeren Dressing verfeinerte und Rote-Bete-Salat. „Sapperlot, war das gut!" Schwärmte Marlene. „Ich muss wieder los zum Dienst!" „Tschau Ragazza pass auf dich auf!" Als sie den kleinen Weg nach vorne zur Stichstraße lief sah sie etwas das ihr kalt den Rücken runter laufen ließ.

ER hatte es sich in seinem alten blauen T4 bequem gemacht. Dann hörte er den aufgeregten Anruf einer der Kommissarinnen und er merkte bald, dass er ein Problem weniger hatte.

Das SEK brauchte aus Nürnberg eine dreiviertel Stunde. Die fünfzehn Kilogramm schwere Türramme brachte die Eingangstür splitternd zum Öffnen. Blendgranaten flogen in die vorderen Räume. Schreiende Frauenstimmen waren zu hören. Alexander Mellem der Nachbar und Verwalter des Hauses kam angerannt. Vier leichtbekleidete Personen, die Hände mit Kabelbindern, auf dem Rücken gebunden, wurden in die bereitstehenden Einsatzfahrzeuge verfrachtet.

Die zwei Frauen stellten sich als rumänische Prostituierte, aus einem eigentlich offiziell geschlossenen Freudenhaus, heraus. Sie wurden nach zwei Stunden wieder freigelassen. Der Betreiber des Puffs muss aber mit einer Anzeige, wegen Vorstoßes gegen das bestehende Infektionsschutzgesetz, rechnen.

Die Brüder Gintanas und Linas Jaskaunas verweigerten jegliche Aussage und warteten in der Arrestzelle, auf ihren Anwalt.

Gute Arbeit Marlene, sagte Polizeichefin Susanne Porzuck vor versammelter Mannschaft. Im Hinausgehen flüsterte sie Marlene Porzuck ins Ohr, dass sie mit einer Beförderung rechnen kann. *Gott sei Dank, es geht wieder aufwärts,* dachte die viel Gescholtene. Seitdem sie bei Gabriella eingezogen ist machte ihr das Leben wieder Spaß.

„Morgen nur Notbesetzung! Am Karfreitag ist in der Regel nichts los. Wer meldet sich freiwillig?" Hatterer schaute in die Runde. „Okay! Dann mache ich es eben selber!" Hildegard Zeiher hob den Zeigefinger und sagte, wenn er wolle könne sie ihm Gesellschaft leisten. Hattie räusperte sich, sagte aber nichts. Die Runde fing zu Lächeln an.

Inzidenz von 200 in Sicht - Notbremse ab Ostersamstag Es geht scheinbar stramm auf die 200 zu: Laut

RKI liegt die Inzidenz am Karfreitag im Landkreis Kitzingen nunmehr bei 163,5.

Gabriella und Marlene machten am Karfreitag zusammen ihren liebgewonnenen Morningwalk. Auf einem ziemlich gestutzten Kastanienbaum sahen sie einen Storch sitzen. Sie begegneten noch Sergio mit seinem portugiesischen Wasserhund Ribeiro, den sie fast jeden Morgen streichelten, zudem ein Pärchen das scheinbar keine Sorgen hatte und immer lustig unterwegs war. Die Frau schien ganz Kitzingen zu kennen, der Mann war bei Begegnungen eher verstockt, wie sie schon Beide öfters beobachten konnten. Beide liefen aber sehr schnell, sie schienen gut trainiert, wobei sie dem Aussehen nach Beide die 60 schon deutlich überschritten haben dürften. Und dann war da natürlich noch Flaschensammlerin Jelena, die am Morgen immer große Beute machte und jeden Abfalleimer durchsuchte. „Was wollen wir uns später zu Essen machen?", fragte Gabriella. „Ich habe mir aus Würzburg frische Lachsforelle mitbringen lassen. Ich würde gerne kochen!" Gabriella hatte nichts dagegen, zu Hause öffnete sie ein Fläschchen „Kleiner Fritz", einen leckeren Rosé mit einem Hasen auf dem Etikett.

Während sich Marlene mit ihrer neuen Freundin den köstlich zubereiteten Fisch schmecken ließen, erlag Hattie, auf der anderen Mainseite, den weiblichen Reizen seiner Schreibkraft. Vor einer Woche hat ihn seine derzeitige Lebensgefährtin Isabella davon unterrichtet, dass sie mit Felicitas Braun, der schwergewichtigen, spanischen Frau von Tschorschi Braun nach Spanien reisen will. Sie wollen die Semana Santa feiern. In einem kleinen Dorf im Aragon das sich Samper de Calanda nennt trommeln sich bei der Tamborrada manche Teilnehmer schon mal die Hände, im Rausch, blutig. Aufwendig und mit viel Musik begehen die Bewohner und Ehemalige gleichermaßen dort die Karwoche. Zu essen gibt es süßen Kuchen, Lammfleisch und Stockfisch. Vor vier Tagen sind sie bereits mit Georg Brauns altem Land Rover aufgebrochen. Zur Not geht's über die Grünen Grenzen Europas. Hatterer war nicht wohl bei dem Gedanken. Zu allem Übel hat sich seine geschiedene Frau gemeldet, sie will wieder nach Deutschland zurückkehren. Das Projekt Neuseeland ist gescheitert. Die Firma wo sie und ihre Lebensgefährtin gearbeitet hatten, musste Pandemiebedingt Konkurs anmelden. Zudem wurde wieder Mutterliebe in ihr geweckt und sie möchte sich wieder um Delcy kümmern. *An für sich nicht schlecht, aber für Delcy auch wieder blöd, jetzt wo er zu Isabella Mama sagt,* dachte Hatterer als er sich wieder die Hosen anzog. „Hattie wo bist du denn wieder mit deinen Gedanken? Hat es dir nicht gefallen? Ich habe noch was für uns!" Sie wackelte nur in Spitzendessous bekleidet zum Gemeinschaftskühlschrank und holte ein Fläschchen Edelbrause heraus. Sie war happy das sie wieder Hattie zu ihn sagen durfte.

Als Hatterer zu Hause in Kaltensondheim die Tür aufsperrt, hört er sein kleines Söhnchen weinend jammern. Großtante Petra lag ohnmächtig im Wohnzimmer. Er rief bei der Rettung an. Der Notarzt machte ihm wenig Hoffnung. „Natürlich, versuchen wir alles menschenmögliche!"

Am Karsamstag dann der Anruf vom Gesundheitsamt. Quarantäne für ihn und Delcy. Großtante Petra war positiv getestet worden. Als Kontaktperson eins wurde ein Lieferant der Bäckerei festgestellt der sie auf Bestellung fast jedes Wochenende mit Brot, Brötchen und Kuchen beliefert.

Auch die Benediktiner-Abtei in Münsterschwarzach steht unter Quarantäne. Wie der Abtei-Prior am Ostersamstagabend auf der Website des Klosters mitteilte, muss die Klostergemeinschaft aufgrund einer Corona-Erkrankung in Quarantäne. In Münsterschwarzach leben noch rund 80 Benediktinermönche.

Die 7-Tage-Inzidenz beträgt am 4. April 2021 für den Landkreis Kitzingen laut RKI 163,5. Der Landkreis Kitzingen hat drei Tage in Folge die Inzidenz von 100 überschritten. Ab Ostermontag, den 05.04.2021, gelten daher schärfere Maßnahmen. So werden die

Kontaktbeschränkungen wieder mehr eingeschränkt. Zulässig ist nur noch ein Haushalt mit einer weiteren Person (Kinder unter 14 ausgenommen). Weiterhin tritt die nächtliche Ausgangssperre wieder in Kraft. Der Aufenthalt außerhalb einer Wohnung ist in der Zeit von 22:00 Uhr bis 05:00 Uhr nur in begründeten Fällen erlaubt. Der Einzelhandel muss wieder schließen. Waren können nur auf Vorbestellung („Click & Collect") abgeholt werden. Ausgenommen davon sind alle bereits vor dem 08.03.2021 geöffneten Geschäfte, darunter auch z. B. Bau- und Gartenmärkte, Gärtnereien und der Buchhandel. Auch Dienstleistungen wie z. B. Friseure, Schuhläden und Kosmetikbetriebe dürfen weiterhin unter den bislang geltenden Vorgaben für ihre Kunden da sein.

Das Wetter in der Woche nach Ostern war ziemlich durchwachsen, aber vor allem kalt. Es regnete viel und es gab Graupelschauer. Das Quecksilber stieg auch am Tag nicht über die vier Grad Marke. Was Marlene Rupisch und ihre Freundin Gabriella Albers aber nicht daran hinderte ihren täglichen Morningwalk durchzuziehen. Am Rande der Walkingrunde sahen sie einen Mann der in seiner Migrantenparzelle werkelte vor sich hin schimpfte. Irgendwie klang es verzweifelt. „Alles in Ordnung bei Ihnen?", fragte Marlene. „Iste gar nichts in Ordenung. Weiße Hunde mit große schwarze Punkte scheiße immer in mei Garten!" „Das ist natürlich eine Sauerei!" Gabriella liebte den Kontakt mit anderen Menschen und wenn sie Mutter Theresa spielen konnte umso mehr und Marlene tat das walken einfach gut. „Wenn du willst, kannst du in deiner Mittagspause zum Essen kommen!" „Ja gerne!" antwortete Marlene, „was gibt es denn?" „Panzanella von Gabriella, mein adliges Essen „von Gestern" aufgepimpt. Ethelbert kommt auch!" *O Gott hoffentlich macht er nicht wieder so komische Sprüche wie das von seiner 5er Unterhose mit einem 9er im Schritt,* dachte Marlene. „Hallo, jemand zu Hause?" Marlene erwiderte etwas verstört, dass sie so in Gedanken war. „Also dann bis später, ich freue mich auf Panzanella von Gabriella!"

Hatterer war noch in häuslicher Quarantäne. Er rief im Revier an und wurde laut am Telefon, er schrie förmlich Marlene an. „Mich brauchst du nicht anschreien, Ich bin nicht der Feind!" „Entschuldige bitte aber bei mir geht gerade alles drunter und drüber!"

Das Gesundheitsamt rief an und erklärte Hatterer, da dieser sich über die Quarantäne beschwert hatte, dass alles seine Richtigkeit hätte. Da er die erste Impfung erhalten hatte und dies erst vor kurzer Zeit, sei er deshalb durchaus noch infektiös. *Erbsenzähler* ging es ihm durch den Kopf. Er wollte sich gerade einen Tee machen, da rief das Krankenhaus an. Seiner Tante würde es wieder besser gehen. *Was heißt das jetzt besser gehen* dachte er.

Yogi Weber und Mathilda Gamrod wurden beauftragt den millionenschweren Ring, ohne großes Aufsehen, zum Tresor eines Juweliers am Krainberg, in die westliche Innenstadt, zu bringen. Wo der Ring dann nach zwei Tagen vom BKA abgeholt werden sollte.

ER war in seinem T4 eingeschlafen und bekam deshalb nichts mit. Vollkommene Übermüdung. Er hatte in den letzten vier Tagen nur 8 Stunden geschlafen. Trotz hohen Dosen an Kick Speed Guarana und zusätzlichen Koffeintabletten hatte es ihn richtig gerissen und er hat sieben Stunden durchgepennt. Als er aufwachte, erschrak er fürchterlich. Er war sauer auf sich, dazu waren die Akkus seines Abhörsenders anscheinend leer. Er hörte nichts aus der Dienststelle. Zwei Streifenpolizisten näherten sich am Morgen dem blauen T4. „Bitte zeigen sie uns ihre Papiere. Haben sie heute Nacht hier geschlafen? Uns liegt da eine Anzeige vor. Sie wissen, dass es eine Ausgangssperre gibt. Wir fordern sie daher auf den Platz hier zu verlassen und sprechen einen Platzverweis aus. Von einem Bußgeld sehen wir ab!" *Fuck* dachte er. Polizeianwärterin Ramona Wilke checkte die Papiere. „Alles okay Silas!"

Bei Hatterer ploppte der Messager, *was ist jetzt schon wieder los.* Es war ein längeres Schreiben von Isabella. Sie teilt Hatterer mit, dass sie wieder zurück auf die Insel fliegt. Sie hatte sich für eine Stelle in einem

Testzentrum in La Palma beworben, eigentlich hatte sie nicht damit gerechnet, dass sie genommen wird. Jetzt ist es aber so und sie fliegt heute von Madrid nach Santa Cruz. Sie schreibt weiter, dass es eine tolle Zeit mit ihm, Delcy und Petra war. Aber ihr fehlt die Sonne und überhaupt gefällt es ihr in Deutschland nicht. Es gibt keinen neuen Mann. „Du bist immer in meinem Herz Arne, komm doch einfach in deinem nächsten Urlaub mal auf die Insel! Todo lo mejor y adios!" ♥

Na Bravo. Das auch noch, dachte er. Delcy hatte Hunger. Dann rief Hildie an und fragte ob er irgendetwas braucht. „Ja!" blaffte er ins Smartphone, „bring mir einen Aufheller vorbei!" „Einen was?" „Irgendwas, Silvaner, Ouzo, Limoncello, egal irgendwas halt, was du zu Hause hast und wegmuss!" „So schlimm, ich glaube ich wüsste da was Schöneres!" „Ich habe einen Antigen Selbsttest - 20er Pack zu Hause den bring ich mit. Nach dem Test sind wir save!"

Gerlinde Dürnfelder war aus Malle zurück, sie war enttäuscht. Sie hatte sich den Urlaub anders vorgestellt. Permanentes testen und immer die blöde Maske auf dem Gesicht. Um 17 Uhr machten die Kneipen dicht und um 22 Uhr wurden die Gehsteige hochgeklappt. Aus dem Briefkasten nahm sie die Post. Es war nur ein Katalog eines Berufskleidungsherstellers bei dem sie vor Jahren mal einen Arbeitskittel bestellt

hatte und jetzt monatlich dicke und dünne Ange-
botsprospekte bzw. Kataloge bekam. Dann war eine
Rechnung der Umbauarbeiten und eine Vorladung
bei der Polizei dabei.

In der Glauberstraße fielen Schüsse. Ein Mann liegt
auf dem Boden und blutete. Ein VW Bus fuhr mit
quietschenden Reifen davon. In den Nachrichten war
von einer Entführung die Rede. Polizeimeister Silas
Scheck hatte Glück. ER hatte ihn in den Oberschenkel
geschossen. ER wollte ihn nicht töten. Dann gab ER
der verdutzten Polizeianwärterin Ramona Wilke den
Knockout und zerrte sie in den Bus. Wieso musste
auch der Typ in seinem Bus herumschnüffeln. Dabei
entdeckte er die Abhöranlage und es kam, wie es
kommen musste. Er feuerte sofort. Sein Plan war gescheitert. Jetzt war Improvisation angesagt und es
musste schnell gehen bevor der Polizeihubschrauber
in der Luft ist. Er fuhr nur einen knappen Kilometer
am Main entlang bis zum Floßhafen. Dort hatte er vor
einigen Wochen eine Lost Place Halle entdeckt in der
er jetzt den T4 steuerte. Wenn er Glück hatte, dann
wurde er nicht gesehen. Es waren noch Osterferien
und wenig Leute unterwegs. Jetzt musste er scharf
nachdenken.

Ramona Wilke zitterte. Sie fror und musste aufs Klo.
Sie war geknebelt und mit Kabelbinder gefesselt. Es
war sehr unbequem auf dem hinteren Boden des

Transporters. Der Rücken tat ihr weh. Er hatte auf einer Holzkiste Platz genommen, eine Zigarette angebrannt und nach dem ersten tiefen Zug schloss er die Augen. Er wusste, dass er in dieser Halle nicht lange bleiben konnte. Aber er wollte bis zum Abend warten.

In der Dienststelle ging alles drunter und drüber. Hatterer war nicht da, Marlene Rupisch überfordert, Yogi Weber kopflos und Mathilda stand völlig neben sich. Presseleute drängten sich durch das Drehkreuz in der Anmeldung. Peter Seltermann der heute am Tresen Dienst tat sah rot. Eine Frau hielt ihm ihre Vorladung unter die Nase. „Kommen sie morgen wieder!" Die Frau stellte sich stur und schrie ihn an, dass sie das nicht machen werde. Bitte zeichnen sie hier ab, dass ich hier war. Sie hielt ihm wieder die Vorladung hin. Ein älterer Herr kam herein, im Schlepptau eine bellende Old English Bulldogge. Der Mann schrie gleich los und drängte sich vor, dabei verrutschte seine rote Fliege und sein Hut stand schief auf dem Kopf. Seine Alterspatina im Gesicht verfärbte sich. Gerlinde Dürnfelder ließ sich nicht abdrängen. Der Mann mit der Bulldogge will eine Anzeige aufgeben. Er habe jetzt zum zehnten Mal eine Frau mit einem Dalmatiner beobachtet, die die Hinterlassenschaften ihres Hundes nicht wegmachte. „Das fällt auf alle Hunde zurück!" Ansgar Willinger der sich ebenfalls in der Wache herumdrängelte schrie den älteren Mann an, ob er keine anderen Sorgen hätte. „Mir haben sie

heute Nacht ein Auto eines Kunden geklaut. Ein
Mann gekleidet wie ein Strandgigolo will seine Frau
anzeigen, weil sie mit dem Nachbarn durchgebrannt
ist. „Da musst du zum Pfarrer!" lachte Ansgar Willing-
ger. „Ich hau dir gleich eine in die Fresse!" schrie der
Gigolo zurück. Seltermann schrie das hier nur er auf
die Fresse haut, dann bekam er Verstärkung von
Marlene Rupisch. „Bleib ruhig Peter ich bin ja jetzt
da!" *Nichts wird's mit Panzanella von Gabriella.
Schade* dachte sie. „So wie geht es hier weiter?" „Unterschreiben sie hier, dass ich hier war!", schrie eine
Frau. „Um was geht's denn?" Willinger schrie von
hinten jetzt unterschreiben sie schon, dass es hier mal
weitergeht!" Gerlinde Dürnfelder bekam was sie
brauchte. Sie ging vor die Tür setzte sich am Land-
wehrplatz auf eine Bank und rief ihren Taxifahrer Joe
an. Polizeiobermeister Nils Stahl fuhr mit Ansgar
Willinger zu dessen Werkstadt um den Autodiebstahl
aufzunehmen. Peter Seltermann beruhigte den älteren
Mann und versicherte ihm, dass er dessen Anzeige an
den Ordnungsdienst weitergeben wird. *Jetzt erst mal
kurz durchatmen, den Gigolo rausschieben und die
Gedanken sortieren.*

Michele Piazolo und Max Steinegger von der Spurensicherung untersuchten mit weiteren Kollegen derweil den Tatort.

Polizeichefin Susanne Porzuck machte Druck beim Gesundheitsamt. „Sie können doch nicht meinen besten Ermittler in Quarantäne schicken, während auf der Wache die Hütte brennt, ein Kollege angeschossen wird und schlimmer noch eine Kollegin augenscheinlich entführt wird." Das saß.

Hatterer bekam einen Anruf, dass er unverzüglich auf der Dienststelle erscheinen sollte. „Und was mache ich mit meinem kleinen Delcy. Meine beiden Frauen die auf ihn aufpassen könnten sind nicht hier. Isabella ist in Spanien und Petra im Krankenhaus!?", „Kein Problem Hatterer, ich habe bei unserer Vertrags-Tagesmutter Lundi angerufen und sie können den Kleinen dort abgeben, da ist er in guten Händen!"

Zu der Besprechung im Verhörzimmer waren neben der Kitzinger Stammmannschaft auch die beiden Beamten von der Spurensicherung Michele Piazolo und Max Steinegger anwesend. Zudem ein Polizeipsychologe der zusammen mit Polizeichefin Susanne Porzuck aus Würzburg kam. Hildegard Zeiher kam mit dem Kaffeekochen gar nicht nach, vergaß dabei aber nicht Hatterer zuzuzwinkern, dem das aber gar nicht recht war. Zuviel schwirrte in seinem Kopf herum. Peter Seltermann hatte den Schalter geschlossen und das Drehkreuz blockiert: „Mit unseren paar Hanserli können wir da nicht viel ausricht!" schimpfte er. „Beruhigen sie sich. Wir müssen sämtliche

Überwachungskameras Kitzingen sichten, das muss oberste Priorität haben. Ich schicke euch dazu, besser gesagt die sind schon unterwegs, noch etliche Mitarbeiter der Bereitschaft und auch einige Polizeischüler dazu! Herr Hatterer!" „Ja selbstverständlich werden wir die Bahnpolizei verständigen!" „Hatterer haben sie jetzt zugehört, oder was ist los!" Porzuck wiederholte nochmal ihre ganze Schmonzes. Dann wies der Polizeipsychologe daraufhin, dass noch keine Forderung des Gangsters eingegangen ist, was er als sehr schlechtes Zeichen wertete. Marlene dagegen hatte Hunger, sie hatte den ganzen Tag noch nichts gegessen. Sie rief bei Gabriella an ob noch was von der Panzanella übrig wäre. „Ich bring dir was rüber, Ethelbert ist auch nicht gekommen. Sein Sohn wurde auf dem Weg zur Arbeit mit dem Fahrrad von einem VW Bus angefahren. Er liegt jetzt im Krankenhaus. „Ein VW Bus sagst du, hat Ethelbert was von der Farbe des Busses gesagt und wo und wann das war!" Gabriella überlegte kurz dann sagte sie das es wohl so um kurz vor 8 Uhr passiert sein muss in der Glauberstraße am Main. *Bingo* dachte Marlene und schrie in die Runde das sie eine Spur habe.

„Kann die Befragung jemand anders von euch im Krankenhaus machen, ich bekomme gleich was zum Essen gebracht. Ich habe Hunger und wenn ich Hunger habe kann ich nicht denken!" *Alte Schesen* dachte Yogi und wählte die Nummer vom Krankenhaus und ließ sich mit Peter Weydt verbinden, der noch in der Ambulanz saß und Glück hatte, dass er mit einem Schlüsselbeinbruch und etlichen, wenn auch schmerzhaften, Abschürfungen den Unfall überstanden hatte. „Es war ein blaumetalliger T4 Baujahr 96 die Langversion mit Ochsenfurter Autokennzeichen. Ich weiß das so genau, weil mein Onkel dasselbe Model hat!" *Wow, da hat ja einer mal genau aufgepasst.* „Ja dann vielen Dank sie haben uns sehr geholfen und gute Besserung. Anzeige machen wir automatisch. Wenn es wieder geht kommen sie bei uns auf der Wache vorbei. Protokoll. Das alles seine Richtigkeit hat.

Marlene mampfte ihre Panzanella und zeigte Daumen hoch in Richtung Yogi. *Mein Gott was für ein Fraß* dachte dieser und wahrlich sah die Panzanella etwas seltsam aus.

Auf Hatterer kam ein weiteres Problem zu von dem er zum jetzigen Zeitpunkt noch keine Ahnung hatte. Sein Nachbar Herbert Schleret hat bei seinen morgendlichen Spaziergängen eine ehemalige Dorflehrerin kennengelernt, die wie er in Kaltensondheim in einem kleinen Häuschen wohnt. Mit ihr ist er seit gut vier Monaten regelmäßig am Morgen unterwegs. Er hat sich in sie verliebt und sie anscheinend in ihn. Sie ist Witwe und er ist aber seit 42 Jahren verheiratet mit seiner Renate. Herbert will sich jetzt von ihr trennen, weiß aber nicht wie er es anstellen soll. Er will

Hatterer um Rat fragen. Hatterer war sein bester Freund und der konnte ihm bestimmt helfen. Zu allem Übel hat die, in Schlerets Augen zauberhafte Lehrerin, mit einem anderen Mann aus dem Hochparterre, der nach seinen Angaben frei für sie sei, angebandelt. Seit einigen Wochen treffen sich die Beiden nun schon regelmäßig. Wenn er nur daran denkt bekommt Schleret körperliche Schmerzen. Vor allem auch, weil ihm die Lehrerin erzählt das Hans-Werner eine Lebensgefährtin und Geliebte hat, für die er schon zwei Ehen geopfert hatte und er davon ausgeht, dass dies seiner Lehrerin auch passieren wird. Ausgang offen. Es ist wieder einmal soweit und Schleret sitzt sehr traurig auf seiner Terrasse. Im Radio läuft Glück von Herbert Grönemeyer.

ER bekam jetzt einen Namen. Die Recherchen ergaben, dass es sich bei dem Mann, auch nach der Beschreibung von Silas Scheck, dem angeschossenen Polizisten, um Spencer Law, einem Deutschamerikaner, der lange Jahre als Söldner bei dem berüchtigten privaten Sicherheits- und Militärunternehmen Blackwater im Sold stand handelt. Der Irak und Afghanistan waren das El Dorado der Jungs zu denen auch Spencer Law gehörte, die des Kicks wegen bzw. für harte Dollars sich der tödlichen Gefahren aussetzten. Als „Contractors", wie sich die Söldner selbst nannten, war er auch in Marokko, Libyen, Indonesien und auch in Deutschland im Einsatz. „Wow, ein richtiges

Schätzchen. Hoffentlich lässt er Ramona in Ruhe,"
entfuhr es Yogi.

Hatterer hatte sich wieder gefangen und war nach Te-
lefonaten mit dem Krankenhaus und Tagesmutter
Lundi wieder einigermaßen klar im Kopf. *Aber was
wollte Schleret?*

Auf einem der Überwachungsvideos entdeckte eine
junge Polizeischülerin den T4 wie er in die Einfahrt
des kleinen Kitzinger Hafens einbog und dort hinter
einer großen Halle verschwand. Auf einer anderen
Kameraeinstellung von einem gegenüberliegenden
Standort sah man dann den blauen T4 in die Halle einfahren. Es war jetzt 19 Uhr. Durch die Zeitumstellung
noch sehr hell am Abend. Sonnenuntergang war erst
um 20 Uhr. Abermals musste das SEK aus Nürnberg
anrücken. Auch Hatterer, Marlene, Yogi und Mathilda hatten sich die Jacken angezogen.   Ramme,
Blendgranaten, Rauchraketen und Geschrei. Der Vogel war aber ausgeflogen. Von Spencer Law und Polizeianwärterin Ramona Wilke keine Spur. Michele
Piazolo, Max Steinegger und ihr Team mussten Überstunden machen.

Hatterer verabschiedete seine Truppe mit den Wor-
ten: „Gute Arbeit. Morgen früh um acht Uhr haben
wir Termin in der Teststation in den Marshall
Heights. Bitte dran denken!", in den Feierabend. Er
holte Delcy ab und fuhr Richtung Kaltensondheim.

Im Vorgarten stand Schleret. *Was will der denn jetzt.* „Arne ich muss mit dir reden ich habe ein großes Problem." „Herbert jetzt nicht. Isabella hat mich verlassen, Petra liegt im Krankenhaus, in zwei Tagen kommt Elsa zurück, eine Kollegin wurde entführt und Delcy schreit, er muss ins Bett!" Schleret zog sich die FFP 2 Maske wieder übers Gesicht und tapste bedröppelt nach Hause zu seiner Renate. Dann ruft Hildie an. „Alles okay bei dir, soll ich dir irgendwas helfen?" „Ja. Wenn du magst kannst du zwei Pizzen holen und vorbeibringen!" *Das hätte ich jetzt nicht von ihr gedacht, die meint es wirklich ernst. Nicht nur Arschgewackel mit ihrem geilen Arschgeweih.*
Marlene drehte mit Gabriella im Park noch eine kleine Runde. Sie hatte sich eingehängt und wollte den Kopf freibekommen. Es war kühler geworden. Sie beobachten einen Mann, der, wie sich nach einer kurzen Erklärung von ihm herausstellt, seiner Ukrainischen Pflegekraft die er monatsweise für seine gebrechlichen Eltern engagiert hat mit dem Google Translater einige Begriffe zu erklären versucht. Synagoge, Alte Mainbrücke, Kastanie, Bank, Wasser - Synagoga, Staryy glavnyy most, kashtan, bereg, voda. Der ältere Herr mit seiner Old English Bulldogge und der roten Fliege sitzt auf der Bank und sagt zu seinem Hund, dass ihnen das auch irgendwann bevorsteht. Marlene muss an Ramona denken. Es ist Nacht geworden.

Spencer Law wäre nicht so ein erfolgreicher Auftragsgangster geworden, ohne dass er bestimmte Vorsichtsmaßnahmen im Vorfeld einer besonderen Aktion mit einplanen würde. Zudem war er, trotz seiner 45 Jahren, noch immer ein sehr guter Läufer. Der bei seinem letzten Marathonlauf in London unter drei Stunden ins Ziel kam. Genügend Ortskenntnisse hatte er sich in der Zeit, in der er die beiden Litauer beobachtete, auch erworben. Er brauchte vom Hafengebäude bis zum Bahnhof 16 Minuten. Dort stand, auf dem neu errichteten Pendlerparkplatz, ein unscheinbarer Golf mit Kitzinger Kennzeichen. Fünf Minuten später war er wieder im Hafen. Er sperrte die in Angstschweiß gebadete Ramona in den Kofferraum. Bis zu dem Zeitpunkt hatte er mit seiner Gefangenen kein einziges Wort gesprochen. Aber er wusste, dass sie, seine einzig verbliebene Chance war, den Ring in seinen Besitz zu bekommen. Er fuhr mit ihr zum alten Steinhaus, in dem die beiden Litauer hausten, als er sie beobachtete.

Er sprach ruhig mit sonorer Stimme mit Ramona. Er nahm ihr den Knebel aus dem Mund, gab ihr zu trinken und zu essen. Wenn es auch nur irgendwelche Kekse vom Discounter waren.

Viel gesünder war das Essen das Hildie für ihren Hattie mitbrachte auch nicht, aber der Rotwein war besser. Später im Bett war es auch kuscheliger wie bei den Beiden im Steinhaus. Als Delcy schlief, machten sie es sich gemütlich. Der abnehmende Mond schien zum Fenster herein.

Spencer Law brauchte sehr lange bis er Ramona davon überzeugt hatte, dass er von ihr in der jetzigen Situation nichts wollte. Aber sie hätte die Wahl. Er würde nicht zögern sie zu töten. Der zweite Vorschlag von ihm ließ sie dann aufhorchen. „Also pass auf! Ich brauche unbedingt den kleinen Koffer der bei euch auf der Wache deponiert war oder noch ist. Ein älteres Paar hatte ihn mitgenommen und wurde dann aber überführt. Meine Frage an dich hast du Interesse an einer Million Euro. Ich bekomme zwei Millionen, wenn ich den Koffer seinem rechtmäßigen Besitzer zurückbringe, dafür wurde ich engagiert und wenn ich so etwas annehme, dann ziehe ich es auch durch, alles andere schadet meinem guten Ruf!" „Wie soll das gehen mit der Million, wann und wo soll ich die dann bekommen, wenn ich dir helfe den Koffer zu klauen. Du schießt mich doch sowieso über den Haufen." Spencer Law runzelte die Stirn und zündete sich eine Reval an. „Willst du auch eine Kippe und sag doch nicht so ein hässliches Wort wie klauen. Wir beschaffen den Koffer!" Er musste lachen und sie schüttelte ängstlich den Kopf. „Ich muss mal. Mach mich los, verdammt." Law checkte die Örtlichkeit der Toilette. Dann trat er mit energischer Kraft die Tür vom Klo weg. „Setz dich!" „Du hast doch nicht mehr alle.

Ich pisse doch jetzt nicht vor deinen Augen!" „Mach
schon!" Ihr blieb nichts anderes übrig. „Also wo ist
der Koffer oder der Inhalt im Tresor. Ich weiß, dass
er erst morgen früh von Beamten des Landeskrimi-
nalamts übernommen werden soll!" *Schlaues Kerl-
chen,* dachte Ramona und malte sich schon im Geiste
aus, was sie mit der Kohle alles machen könnte. „Ich
habe das auch gehört mit dem LKA!", „und weiter,
wo ist der Klunker jetzt?" Ramona trank aus der letzten Wasserflasche die noch da war. „Was sind meine
Sicherheiten? Am Ende legst du mich dann, wie
schon gesagt, doch um. Du willst die ganze Kohle. So
siehts doch aus." „Ich kann dich auch gleich erledigen
und in den Main schmeißen. Dann habe ich meine
Ruhe und fahre nach Hause. Kein Mensch weiß wer
ich bin." „Da wäre ich an deiner Stelle nicht so sicher.
Im Hafen sind doch überall Kameras, sind die dir
nicht aufgefallen und Silas hat dich auch gesehen und
dann hast du noch einen Radfahrer angefahren. Die
wissen wer du bist!" Law schaute jetzt ganz ernst.
„Na gut, dann knalle ich dich jetzt ab und verscharre
dich dort hinten im Friedhof! Dich wird niemand finden!" „Du bluffst doch!" Law nahm seine Pistole und
spannte sie. „Ich bluffe nie Lady. Jetzt sag schon wo
der Klunker versteckt ist!" „Wenn ich es dir sage, wie
willst du dann an den Ring kommen! Es sind zwei
Mann abgestellt die beim Juwelier Wache schieben."

„Das lass mal meine Sorge sein. Also bist du dabei, ja oder nein? Zum letzten Mal!" „Fucking, Deal!"

Es war Donnerstagabend. Eva Kraus und Gabriel Dietz waren die Aufregung der letzten Tage immer noch anzumerken. Gabriel zog zur Beruhigung den Korken aus einem gut gekühlten Sulzfelder Silvaner Kabinett und schenkte zwei Designer Weingläser halb voll. „Morgen soll der schönste Tag der Woche sein, wir sollten einfach mal wegfahren!" Vorhin in der Frankenschau hast du es ja nicht gesehen „Wandern auf Wallensteins Lager" in der Nähe von Zirndorf. Start ist in Stein Unterweihersbuch. Das hört sich doch gut an Gabriel. Komm lass uns schlafen legen, dass wir morgen fit für die Runde sind. Eva kuschelte sich unter der Damastdecke an Gabriel und sagte zu ihm: „Die Pantherringe waren aber schon schön! Wenn du willst, dann kaufe ich dir einen!" Gabriel hörte es gar nicht mehr. Die Gartenarbeit heute verlangte ihren Tribut und er schnarchte leise vor sich hin. Der Gärtner war wegen einer positiven Testung in Quarantäne.

Nach dem Tod von Prinz Philip ist die ganze Welt in großer Trauer um den Ehemann von Queen Elizabeth II. Hatterer hörte es in den Nachrichten auf dem Weg ins Präsidium. Hildie wird Delcy später zur Tagesmutter bringen und dann aufs Präsidium nachkommen. Die Beamten vom BKA wollten pünktlich um sieben Uhr kommen um den kostbaren Ring in Empfang zu nehmen. „Moin, alles fit im Schritt? Heribert Kronhagen vom BKA, das hier ist Margarete von Severin, wo können wir den Ring in Empfang nehmen? Wir haben es eilig und würden es vorziehen, wenn wir das jetzt zügig abwinkeln können!" *Händedruck wie ein katholischer Pfarrer.* Hatterer kam gar nicht zu Wort, dann sagte er ruhig und gelassen: „Guten Morgen, kann ich bitte ihre Dienstausweise sehen. Entschuldigung, aber ich kenne sie beide nicht!" „No Problemo, bitte sehr!" „Danke, fahren wir mit ihrem Auto." „Gerne Maggie hol die Karre. E-Schleuder, die fahre ich nicht. Wenn sie verstehen!" Hatterer stieg hinten ein. Es war ein bordeauxroter BMW iX xDrive50 State oft the Art halt. „Dann mal los! Wo geht's lang?" „Da vorne gleich links den Berg hoch, dann rechts ab, nach 200 Meter links, dann sage ich wie es weitergeht!" Maggie gab richtig Zunder. Der BMW schnurrte die Kapuziner-Brücken-Straße hoch, Stadtgraben, Kaiserstraße, Krainberg!" Hatterer sah es schon von weitem, dass da was nicht stimmt, die beiden Beamten saßen schlafend auf einer Bierbank. Kronhagen sprang aus dem Auto, noch bevor es stillstand. „Da stimmt aber gewaltig was nicht!", er zog seine Waffe und versuchte die Tür zum Juwelierladen aufzustoßen. Sie war nur angelehnt und er stolperte hinein. *Tote öffnen keine Tür,* dachte Hatterer der dicht hinter ihm war. Auch er hatte seine Dienstwaffe in der Hand. Maggie telefonierte aufgeregt draußen. Die Giftpfeile steckten noch in den Hälsen der beiden Polizeibeamten. Der Goldschmied war wie seine Frau nackt. Sie waren aufeinanderliegend verschnürt. Es sah aus als hätte ein Bondage Lehrer einen Kurs über Couple Fesslungen abgegeben. Gefesselt lagen sie auf dem Boden ihres kleinen Ladens. Kronhagen machte dumme Witze und Hatterer suchte Decken und ein Messer. Als Hatterer ihm den Knebel aus dem Mund nahm und ihre Fesseln abnahm stammelte er heraus, dass der Ring weg sei. „Er hat uns gedroht umzubringen, dann habe ich ihm den Ring gegeben. Er hat meiner Frau die Pistole an die Stirn gehalten!" „Schon gut. Beruhigen sie sich, es trifft sie keine Schuld! Wann war denn der Überfall? Wie lange ist es her, dass er hier bei ihnen war?" Die Frau des Goldschmieds giftete, im wegrennen, dass es zwei waren, einer hat gar nix gesagt und der andere nicht viel. „Es war kurz nach 5 Uhr. Sie haben uns aus dem Bett geholt, es war so erniedrigend!" Draußen fuhr der KTW und ein Notarztwagen vor und die Insassen kümmerten sich um die ohnmächtigen Polizeibeamten. Andere Beamte der Polizei sperrten großzügig rund um den Tatort ab. *Wenn dir die Taube auf den Kopf scheißt,* dachte Hatterer und half dem Goldschmied auf die Beine. Kronhagen war außer sich und telefonierte mit seinem Vorgesetzten vom BKA. Ganz schlechte Performance meinte Margarete von Severin und ging kopfschüttelnd hinaus. Auch Kronhagen verabschiedete sich grußlos. Die Beamten des KDD übernahmen die weiteren Ermittlungen. Die Polizeichefin ruft an. „Was ist mit Ramona Wilke, lebt sie?" Hatterer denkt, *die nervt mich jetzt richtig* „Frau Polizeichefin Porzuck, nicht erschrecken!" „Ist sie tot?" „Im Gegenteil! So wie es sich darstellt ist sie desertiert oder übergelaufen. Nennen sie es wie sie wollen!" Es dauerte einige Sekunden, dann die Frage: „Was soll das heißen, desertiert? Wer sagt das?" *Oh mein Gott* „Was kann das wohl heißen? Ich kann noch nichts Näheres dazu sagen. Wir müssen erst die Vernehmungen des Juweliers Ehepaares und der beiden betäubten Polizisten abwarten, dann kann ich abschließend etwas sagen. Die Ringfahndung haben wir ja ausgelöst, der Überfall ist noch keine drei Stunden her! Spencer Law und Ramona Wilke entkommen uns nicht!"

Polizeimeister Silas Scheck wurde aus dem Krankenhaus entlassen und erfuhr von Rudi Weingart, dass „seine" Ramona bei dem Überfall scheinbar dabei war. „Die alte Bitch, wieso wundert mich das jetzt nicht?" „Ich wollte es dir sagen Silas. Wie geht's dir!" „Die Kugel ist mehr durch die äußere Hautschicht, kein Knochen wurde getroffen, der Muskel ist halt kaputt. Ich habe einen Schock bekommen, geht aber jetzt wieder." „Das freut mich zu hören!" Weingart hängte ein und musste an die süße Ramona denken mit der er auch mal in der Asservatenkammer gevögelt hatte. *War schon eine scharfe Braut in ihrer engen Uniform.*

Die scharfe Braut und Spencer Law saßen bereits um 8 Uhr in einem Privatflugzeug das sie nach Hamburg bringen sollte, wo sie den Ring an einen Vertrauten des Prinzen übergeben sollten. Auf dem Weg zum Giebelstädter Flugplatz knackten die Beiden noch den Hintereingang eines Bekleidungsgeschäfts in Ochsenfurt und staffierten Ramona neu aus. „Mit der Uniform hast du aber schon richtig geil ausgesehen!" schwärmte Spencer Law. „Gell, du bist aber auch ein Hammer Typ, ich spüre dich jetzt noch!" „Rede nicht so viel. Wir müssen schnell weiter. Nehme die Uniform mit, niemand soll wissen, dass wir hier waren!" Ramona stopfte sie in eine große Plastiktüte und dann waren sie auch schon weg.

Polizeichefin Susanna Porzuck gab indirekt Hatterer die Schuld für das Schlamassel. Obwohl der ja nun wirklich nichts dafürkonnte. Er zog die Konsequenzen und meldete sich erstmal krank.

Auch Herbert Schleret war krank und zwar seelisch. Er schrieb seiner geliebten Lehrerin folgende Zeilen: „Hallo, am Samstag beim Ostfriesentee habe ich gemerkt wie sehr du leidest. Darum schicke ich dir jetzt dieses Video. Schaus dir an und denke an unsere Zeit zurück. Es war wirklich eine geile Zeit und du wirst immer einen Platz in meinem Herzen haben. Man soll aufhören, wenn es am schönsten ist. Werde mit Hans-Werner glücklich. Du kennst meine Zeit, wenn ich morgens laufe, wenn du Bock hast trotzdem weiterhin ab und zu mitzulaufen, sag einfach Bescheid. Ich schreibe das alles ohne Groll dazu war die Zeit zu schön."

Ja, ich weiß, es war 'ne geile Zeit. Uns war kein Weg zu weit, du fehlst hier. Ja, ich weiß, es war 'ne geile Zeit. Hey, es tut mir leid, es ist vorbei. Songtext der Band Juli, deren Video er seiner geliebten Lehrerin schickte. Als Antwort kam nur ein Kussmund.

Als er den Text abgeschickt hatte wurde ihm schlecht und er ging nach draußen um frische Luft zu atmen. Sie stürmte hinaus, knallte die Tür zu und setzte sich auf den Treppenabsatz unter dem alten Birnbaum. Schon in seiner Kindheit hatte er hier stundenlang gesessen, weil sein Vater die Tür abgeschlossen hatte und er nicht ins Haus kam.

Hatterer kam vom Dienst und fuhr um die Kurve und sah seinen Nachbarn wie er ziemlich bleich auf der Treppe unter dem Birnbaum saß. Er stellte sein Auto ab und ging zu Schleret. „Alles okay mit dir? Du wolltest mich etwas fragen? Bin krankgeschrieben, hab jetzt Zeit!" „Nett von dir Hatterer, es ist aber zu spät und es hätte auch nichts geholfen!" Dann erzählte er ihm die ganze Geschichte. Hatterer hörte mit offenem Mund zu. Das hätte er Herbert gar nicht zugetraut. Dann versuchte er ihn zu trösten. „Tja Herbert, ich habe das auch schon alles durchgemacht und wenn ich genau nachdenke mache ich es gerade schon wieder durch. Leider gehen die Schmetterlinge im Bauch irgendwann vorbei und mit ihnen das glücklich sein. Das Glück ist eine wahnsinnig starke, positive Emotion, verbunden mit einer vollkommenen Zufriedenheit. Die Suche nach dem Glück ist nicht immer einfach mein Freund. Manchmal muss man auch über seinen Schatten springen können und harte Entscheidungen treffen, die unter Umständen einem anderen Menschen wieder sehr unglücklich machen können und dann ist es meistens mit deiner eigenen Zufriedenheit auch nicht mehr so weit. Wie sagen sie im Orient? Es ist alles Kismet und so sehe ich es auch und so solltest du es auch sehen.“

Renate Schleret ruft:" Herbert das Essen ist fertig! Ich habe ein leckeres Curry gekocht und als Nachtisch gibt es Zitronenmousse." Herbert drückt mit feuchten Augen Hatterers Hand. „Danke mein Freund, das hat mir jetzt sehr geholfen!" Hatterer geht ans Auto und holt das kleine Fläschchen Desinfektionsmittel heraus und reibt seine Hände ab. *Scheiss Zeiten.*

Einige Minuten nach dem Start fängt der 25 Jahre alte Learjet 45 des kanadischen Herstellers Bombardier das tuckern an. Law und Wilke lösen sich erschrocken aus ihrer Umarmung. Der Besatzung gelang es nicht den Ausfall der Druckluftversorgung bei der Triebwerksreglung zu beheben. Law zog seine FFP2 Maske hoch, stürmte nach vorne ins Cockpit und fragte aufgeregt was los sei. „Wir müssen in Kitzingen notlanden, sonst schmieren wir ab!" *Shit.* Er ging nach hinten und sagte zu Ramona, dass sie den Ring in ihren BH stecken sollte. „Ich weiß nicht was kommt. Wir müssen notlanden und das ausgerechnet in Kitzingen. Kennst du dich in der Nähe des Flugplatzes ein bisschen aus, wo wir uns verstecken können bis die den Schaden wieder behoben haben? Ich muss dann auch mit dem Sekretär des Prinzen telefonieren, kann sein, dass der eine andere Lösung für uns hat. Eingecheckt haben wir ja mit falschen Namen. Kann aber sein, dass jetzt in Corona Zeiten so ein Flug überhaupt nicht gestattet ist und die Jungs einfach nach Hause fahren und den Vogel hier stehen lassen!" Er ging abermals ins Cockpit und fragte den Piloten wie es weitergeht. „Unser Heimatflughafen ist ja Nürnberg. Dort steht noch eine Dornier 228. Ich rufe nach der Landung an, ob die rüber fliegen können um euch nach Hamburg zu bringen. Sorry, Aber jetzt muss ich mich auf die Notlandung konzentrieren. Es stinkt ja schon gewaltig."

Das Wetter hatte sich wieder Richtung Frühling verändert. Für die Spargelbauern war es noch ein bisschen zu kühl und das Kilo Spargel kostete noch so um die 18 Euro. Für viele Freizeitsportler waren die Witterungsverhältnisse geradezu ideal. Radsportler, Jogger, Walker, Hundebesitzer alles war auf den Beinen. So auch Marlene und ihre Vermieterin. Mittlerweile ist sie ihre beste Freundin geworden. Marlene hatte heute gekocht. Es gab Cordon Bleu, Spätzle und Rahmgurken. Als sie dann über die Südbrücke walkten, sahen sie ein tieffliegendes Flugzeug am blauen Himmel. Ein schwarzer Rauch kam aus einem der Triebwerke. Es sah so aus als wolle er auf dem Kitzinger Flugplatz landen. Sofort rief Marlene auf der Wache an und beorderte eine Streife zum Flugplatz.

Es war eine holprige Landung auf der viel zu kleinen Rollbahn des Sonderlandeplatzes. Law und Wilke sprangen nach dem Stillstand der Maschine gleich aus dem Learjet in Richtung Tower. Law ließ Ramona nicht aus den Augen, auch nicht als diese auf die Toilette ging. Sie war ein Biest, das wusste er. Dann bog auch schon ein Streifenwagen auf das Rollfeld ein. *Shit*, dachte Law. *Was nun.* Die Beamten gingen auf die aus zwei Mann bestehende Crew zu und fragten nach den nötigen Papieren und Genehmigungen. Im Lockdown war es nicht so einfach mit einem Flugzeug durch die Gegend zu fliegen. Der Kapitän richtete seine Maske aus und sagte das alles okay sei. Die Genehmigung war auf den ersten Blick okay, aber so genau kannten die Beamten die Formulare auch nicht. Sie riefen die Polizeichefin an, die wiederum Hatterer zum Dienst bat, egal ob er jetzt krankgeschrieben war er nicht. Sie brauchte ihn, er war ihr bester Mann. Sie wies ihn an, zum Flugplatz nach Kitzingen zu fahren. *So ein Kasperltheater.* Unterwegs rief er Marlene an und fragte wo er sie aufladen kann. „Ich weiß, du hast heute deinen freien Tag. Aber hast du mal eins und eins zusammengezählt! Yogi hat mir geschrieben, dass es von den Tätern keine Spur gibt, nur in einem Ochsenfurter Bekleidungsgeschäft wurde heute Morgen eingebrochen und ein Päckchen Einmalhandschuhe mit der Aufschrift „Polizei Bayern" gefunden. Yogi hat recherchiert und festgestellt, dass kurz vor 8 Uhr ein Learjet vom Giebelstädter Flugplatz losgeflogen ist, den du wahrscheinlich vor einer halben Stunde mit Triebwerksdefekt in der Luft gesehen hast." „Ja, dann am Kreisel unterhalb der Nordbrücke, auf der Stadtseite!"

Law und Wilke hatten die Lage schnell gecheckt. Law zog seine Luger und fing gleich zum ballern an. Piloten und Polizisten sprangen erschrocken in Deckung. „Wenn wir Glück haben steckt der Schlüssel. Renn bevor die zu schießen anfangen!"

Sie hatten Glück. Mit großem Tempo fuhren sie mit dem Streifenwagen die Rollbahn zurück durch ein kleines Industriegebiet in ein anschließendes großes Waldgebiet. „Fahr da vorne in den unbefestigten Weg hinein. Da kenne ich mich aus!" „Das glaube ich gerne. Hast du da deine Schäferstündchen genossen?" *Silas war der Beste,* dachte sie kurz an ihren Kollegen. „Du Arsch. Ich kenn das halt!" „Schon gut und wie weiter?" „Halt an. Ich mache die Scheune auf und du fährst hinein!" „Nimm die Decken und Folien mit!" rief Ramona. Dann liefen sie wie der Teufel ungefähr einen Kilometer, am Rodenbach entlang, Richtung Großlangheim und versteckten sich in einem Reitstall, der wegen des Lockdowns außer Betrieb war und zu einem Gestüt gehörte. Er lag sehr günstig. Einsam am Rand der Ortschaft.

„Ich schau mal ob hier irgendwo eine Wasserstelle ist. Ein Schlauch, Wasserhahn oder so was ähnliches."

Ramona zog den Ring aus ihrem BH und schaute ihn an, wie er in der nachmittäglichen Sonne, die durch die Fenster schien, funkelte. *Denke nur nicht dran, die Kohle ist wichtiger.*

Natürlich brachten alle Nachrichtensender und Newskanäle Sensationsnachrichten über den Raub des millionenschweren Ringes. Von der übergelaufenen Polizistin. Von dem missglückten Fluchtversuch mit dem Learjet und natürlich das Versagen der Polizei.

„Das kotzt mich jetzt schon wieder an!" Schimpfte Hatterer als er mit seiner neuen Flamme Hildie beim Abendbrot saß. Sie waren natürlich zu spät zum Flugplatz gekommen und wegen der geplanten

Querdenkerdemos im ganzen Land die am morgigen Samstag stattfinden sollen, war auch das Personal der Polizei in Kitzingen recht knapp geworden. SEK Fehlanzeige. „Entspann dich!" „Leicht gesagt, morgen kommt meine geschiedene Frau zurück. Sie wird wohl die erste Zeit hier wohnen. Meiner Großtante geht es inzwischen auch besser. Ist zwar noch auf Intensiv. Der behandelte Arzt hat mir am Telefon gesagt, dass sie nach der Intensiv noch mindestens zwei Wochen in der Pflegestation bleiben muss. Dann kann Elsa für zwei Wochen in das Zimmer von Petra einziehen!" „Hattie mach dir keinen Kopf, mir kriegen das schon hin und jetzt gehen wir zum entspannteren Teil des Abends über."

Eva Kraus und Gabriel Dietz sahen in der Tagesschau, den, für sie, aufregenden Bericht aus Kitzingen. „Mensch Gabriel, wir haben auf 38 Millionen Euro geschlafen!" „Ja. Bin mal gespannt was da noch auf uns zukommt. Ich bin mir fast sicher, dass deine Putzfrau, wie heißt sie wieder?" „Gerlinde Dürnfelder!" „Irgendwie das Köfferchen aufbekommen hat. Da war bestimmt noch mehr drin. Geld oder so." Eva gähnte: „Kann sein, ist mir jetzt aber auch egal!"

Die ganze Nacht regnete es. Nicht das irgendjemand etwas dagegen gehabt hätte. Mittlerweile hat fast jede Dumpfbacke schon etwas über die Wasserknappheit in Unterfranken gehört oder gelesen. Am Morgen gab es eine regelrechte Regenwurminvasion auf den Gehwegen und Straßen.

Spencer Law und Polizeianwärterin Ramona Wilke hatten eine lebhafte Nacht hinter sich gebracht. So gut es ging machten sie sich für ihre weiteren Pläne fertig. Ramona hatte in ihrer Uniform noch einige FFP2 Masken stecken. Zwei davon holte sie raus, packte sie aus und sie setzten sie auf als sie sich zum Landgang bereit machten. Sie latschten durch eine verlassene Neubausiedlung Großlangheims, querten die Verbindungsstraße Richtung Hörblach und verschwanden wieder im Wald. Als begeisterte Mountain-Bikerin kannte Ramona jeden Baum in dem ehemaligen Übungsgelände der amerikanischen Streitkräfte, die 2005 hier ihre letzten Manöver abhielten. Nach gut einer Stunde waren sie bei der Autobahnraststation Haidt, an der A3 gelegen, angekommen. Hinter dem Versorgungstrakt mit angeschlossener Cafeteria gab es einen offenen Zaun, den Ramona ebenfalls vom Biken kannte, war sie doch in der Vor-Corona-Zeit mit ihren Sportfreunden dort öfters hingefahren um einen Kaffee zu ziehen. Das machten sie jetzt ebenfalls. In dem Raum der aussah wie ein begehbarer Kleiderschrank aus den Sechzigern zogen sie sich Kaffee und belegte Brötchen aus den Automaten. „Gar nicht mal so schlecht!" „Aber nur wenn man Hunger hat!" erwiderte Ramona. „Wir brauchen jetzt eine Karre. Hast du einen Plan!" Law schilderte

Ramona was sie machen sollte. Bei ihrem Aussehen sollte das kein Problem sein. Der Fahrer eines VW Crafters bekam große Augen als er Ramona mit ihrer aufgeknöpften Bluse sah. Er kam gar nicht dazu irgendwas zu sagen. Gekonnt schlug ihm Law eins auf die Mütze. Klappe auf, Fahrer rein. So leicht war es natürlich nicht. Ramona wieder im züchtigen Erscheinungsbild, zog den Schlüssel aus dem Zündschloss und sperrte die hintere Türe des Kleintransporters auf. Durch die Zugösen waren die nötigen Spanngurte gezogen mit denen die vielen Kartons im Laderaum gesichert waren. Viel Platz war nicht für den Fahrer. Es musste aber schnell gehen. Sie rissen ein paar Staupolster heraus und wickelten den Mann in ein grünes Abdecknetz und legten ihn auf die Staupolster. Das Ganze dauerte drei Minuten. Dann ließ Law den Motor an und steuerte den Wagen auf die A3.

Hatterer war am Morgen ins Krankenhaus gefahren um seine Großtante Petra Danovski zu besuchen. „Isch han d'r Bäckerburschen wal ze viele Bützje gegeben. Ävver et es esu a süßer. Dat Testament litt bei mr em Nachttisch. Als Ahl es flierten och noch staats!" „Natürlich Petra, du bist ja auch noch eine attraktive Frau. Ich fahr heute nach Nürnberg und hole Petra vom Flughafen ab. Das Testament brauchen wir noch nicht." „Isch der Schlamp widder do lange jenoch hät se dich met däm Delcy alleine gelassen!" „Mach dir keinen Kopf. Wird schon wieder alles und du kommst auch wieder zu uns nach Hause. Zum

Glück ist dein Verlauf nicht so hart. Deine Augen funkeln schon wieder!"
In Kaltensondheim warf Hatterer einen Blick aufs Testament und er war als Alleinerbe eingetragen. Er legte es in seinen Schreibtisch.
Dann ging er hinaus setzte sich in den Focus und fuhr los Richtung Nürnberg.
Die Suche nach Law und ihrer früheren Kollegin Ramona wurde von den Beamten der kleinen Kitzinger Dienststelle ergebnislos und ohne eine Spur abgebrochen. Die Beiden waren wie vom Erdboden verschluckt. Die Fahndung nach den Beiden wurde nun bundesweit ausgeschrieben und das BKA übernahm die Ermittlungen. Großkotz Heribert Kronhagen und seine Partnerin Margarete von Severin und ihr Team, sortierten bereits die Unterlagen und Zeugenaussagen. Viel Brauchbares war da allerdings auch nicht dabei.

Zur gleichen Zeit wartete im Park am Main, auf einer Bank sitzend, ein älterer Herr mit roter Fliege und seinem Old Englisch Bulldog, der gefleckt war wie eine Kuh, auf seine Rendezvous Partnerin. Sie hatten sich auf einer Senioren Dating Seite kennengelernt, waren sich gleich sympathisch und wollten sich jetzt live näher kennenlernen. Gerlinde Dürnfelder erkannte ihn sofort. Er stand auf, machte einen Diener und reichte ihr ganz sportlich die Faust zum Gruß. „Wollen sie sich setzen, oder gehen wir ein Stück!"

Zwischen Markus Söder und Armin Laschet ist der Machtkampf um den Kanzlerkandidaten in der CDU/CSU voll entbrannt. Viele Menschen zeigen in Zeiten der Pandemie wenig Verständnis für derartige Plänkeleien. Sie haben mit dem täglichen Corona Wahnsinn zu kämpfen. Kurzarbeit, weniger Geld, Schulstress mit den Kindern, Homeoffice, Schwierigkeiten beim täglichen Einkauf und einiges mehr, da ist wenig Platz in den Köpfen für das Machtstreben einiger Politiker. Die Union wird es schwer haben um überhaupt eine brauchbare Mehrheit im September zu bekommen. Daran Schuld haben auch einige korrupte Politiker, die in verschiedenen sogenannten Maskenaffären ihren Reibach gemacht haben. Dann ist da noch der Kaviar-Connection Skandal mit Aserbaidschan. Wo sich vor allem wieder Unionspolitiker korrumpieren ließen. Ein Ex-Botschafter Aserbaidschans sagte vor einem Untersuchungsausschuss aus, dass 30 Millionen Euro für das schmutzige Lobbying zugunsten des Regimes von Aserbaidschan zur Verfügung gestanden hätten. Das ist alles nicht schön und wird der Union auf die Füße fallen. Dann steht ja dann auch noch das Mautversagen des Verkehrsministers zur Debatte. Auch Schleret hatte ja schon einmal mit diversen Personen aus Aserbaidschan so seine *Probleme gehabt, denkt Hatterer und legt eine CD in den Wechsler. Quicksilver Messenger Service - Happy Trails hört er immer wieder gerne, wenn er on the

Road ist. Bei Geiselwind muss er runter vom Gas. Da ist auch wieder so ein unfassbarer Bauskandal im Gange. Schallschutz Konstruktionen müssen abgerissen und neu gebaut werden. Millionen von Steuergeldern werden hier in den Sand gesetzt. Geld, das man in den Schulen gut gebrauchen könnte.

Im Stadtpark rennen adipöse Kinder durch die Gegend und stören auch den Spaziergang von Gerlinde und ihrer neuen Bekanntschaft. Dann passiert das, was nicht passieren sollte. Einer der molligen Kinder fällt hin. Greta der Hund des älteren Herrn mit der roten Fliege erschrickt derartig, dass er vor die Füße von Gerlinde Dürnfelder springt und diese dann über ihn drüber zu Boden stürzt. Sie hat Glück. Außer einer zerrissenen Strumpfhose ist ihr nichts passiert, trotzdem will sie jetzt nach Hause, weil der linke Knöchel nach der ersten Aufregung doch zu schmerzen beginnt. Sie fängt das humpeln an und ihr Begleiter fragt sie höflich, ob sie seine Unterstützung benötigt. „Wenn sie mich nach Hause bringen könnten? Das wäre sehr nett, die Greta kann da nichts dafür. Die Drecksbanggerten waren schuld!" Ein bisschen zuckte der Mann zusammen, so einen Ausdruck kannte er nicht. Dann musste er aber unterdrückt schmunzeln. Er liebte so direkte Menschen die sagen was sie denken. „När ist doch woor!" Der Mann brachte sie bis in die Wohnung im Ersten Stock, was gar nicht so einfach war, hatte er ja noch seine Hündin an der Leine im Schlepptau. „So du kummst mer jetzt mit rei und schmierst mer die Bee ei! Wie häästen du überhaupt, bestimmt nett Eduard Sauerdeech, des is doch bestimmt, wie socht mer dei Nicknääm!" „Gnädigste, das ist mein richtiger Name. Ich finde man sollte sich immer und überall mit seinem richtigen Namen anmelden!" Gerlinde setzte sich, nachdem sie ihre teure Lederjacke ausgezogen hatte. „So jetzt pass mal auf Sauerdeech. In der unerschten Schubladen im Badeschränkle liegt die Salben und die holst deer etzertler amohl und schmierst mer mei Haxen ai!" Eduard Sauerteich holte wie befohlen die Salbe. Hündin Greta hatte es sich in einem Sessel bequem gemacht und schaute interessiert zu was sein Herrchen da machte. „Des tut vielleicht gut. Du kannst des richtig gut Sauerdeech, dafür bekommst jetzt a eine schöne Belohnung. Eduard Sauerteich stockte der Atem. Gerlinde Dürnfelder knöpfte ihre Bluse auf und zeigte ihm die Schönheit des Alters. Dabei blieb es nicht. Eduard war kein Kostverächter und er zog sein ganzes Register, soweit es eben noch ging. In den kommenden Tagen war er jeden Tag bei Gerlinde zu Gast und massierte nicht nur ihren linken Fuß.

Die Spritpreise und die Corona Inzidenzen stiegen Stereo im Gleichklang. Prio one war für viele Menschen jetzt erst mal Sparen angesagt.

Hatterer war spät dran und heizt über die Autobahn Richtig Nürnberg. Ein LKW nach dem anderen. Sie kommen aus dem ganzen Ostblock. Ein weißer Crafter bog vor ihm auf die Überholspur. Er musste scharf abbremsen. Dann sah er am hinteren Türfenster einen Kopf immer wieder in die Höhe steigen. Der Mann hatte eine grünes Abdecknetz über dem Kopf und verdrehte permanent die Augen. *Ist denn schon wieder Fasching,* Hatterer gab Lichthupe, weil der Transporter sich nicht entschließen konnte ihn vorbei zu lassen. Nach einer knappen Viertelstunde war es dann soweit, der Crafter blinkte rechts. Hatterer gab der Fahrerin ein Zeichen, indem er nach hinten deutete. Dann machte er eine spektakuläre Entdeckung.

Zur gleichen Zeit machte der Streifenpolizist Aycut Coşkun auf der Höchstädter Wache Feierabend und fuhr Richtung Autobahn.

Die beiden BKA-Beamten Heribert Kronhagen und Margarete von Severin machten sich mit ihrem Team, auf der Wache in Kitzingen breit. „Wo bleibt der Kaffee!" schrie er hinaus zu Hildie Zeiher, die so einen Ton überhaupt nicht leiden konnte. Zuerst wurde das Juweliers Ehepaar verhört. Dabei hörte es sich so an, als wolle Kronhagen, der heute in gelber Jeans und Karojacket arbeitete, dass er das Ehepaar verdächtigen würde, beim Überfall mitgeholfen zu haben. „Da platzte dem Juwelier der Kragen: „Du bist doch nicht

ganz dicht. Wenn du weiter so einen Müll verzapfst
dann sagen wir gar nichts mehr. Du bist doch echt be-
scheuert. Wir waren im Bett und haben schön geschlafen, dann plötzlich, es muss so kurz nach fünf
Uhr gewesen sein ging plötzlich das Licht im Schlafzimmer an und zwei Taschenlampen blendeten uns
zusätzlich. Meiner Frau Marga haben sie eine Knarre
mit Schalldämpfer an den Kopf gehalten. Fünf Minuten hätte ich Zeit den Ring aus dem Tresor zu holen
sonst würden sie Marga erschießen und das klang
nicht spaßig. Im Schlafanzug bin ich runter mit dem
Typen und hab den Tresor geöffnet. Oben hat das
Weibsstück mit der Polizeiuniform meine Frau mit
nackert ausgezogen und gefesselt und mit einem Ap-
fel geknebelt, aber das wissen sie ja. Dann musste ich
mich ausziehen und im Verkaufsraum haben sie uns
dann verschnürt." Kronhagen schrie nochmal nach
dem Kaffee. *Da kannst lang schrei, du Arsch,* dachte
Hildie. „Wie ging es dann weiter? War Ihnen das un-
angenehm so nahe mit ihrer nackten Frau zu sein?",
fragte Margarete von Severin höflich „wurde noch
was anderes entwendet?" „Es fehlt nichts. Aber jetzt
reichts auch ich werde eine Dienstaussichtsbe-
schwerde gegen sie machen. Der Typ hat mich dann
auch geknebelt! Er sagte dann noch, Sorry es muss
sein! Dann waren sie auch schon weg. Das Ganze
dauerte höchstens zehn Minuten! Wahrscheinlich sogar weniger. Wars des, wir möchten jetzt gehen!

Machen sie sich auf was gefasst. Das Gespräch wurde ja aufgezeichnet mit ihren Unverschämtheiten!" „Ja sie können gehen. Das Protokoll müssten sie halt in den nächsten Tagen unterschreiben." Kronhagen der aufgestanden war, um sich seinen Kaffee jetzt selber zu holen, kam wieder in das Verhörzimmer. „So eine Scheiße, die Kaffeetussi hat ihr Büro abgeschlossen und ist in die Mittagspause. Ich glaub es hackt! Was hast du da für einen Scheissdreck gefragt. Lösch das." „Wie geht das mit dem Löschen. Wieso musst du auch immer so unfreundlich sein! Ich würde dir auch keinen Kaffee kochen." Sie verabschiedeten das Juweliers Ehepaar. Der Mann sagte nur „Frechheit, sie hören von meinem Anwalt!"

Die beiden Beamten, die eigentlich verdeckt den Eingang bewachen sollten, berichteten, dass sie beide einen Stich im Hals spürten und dann sofort ohnmächtig wurden. Leider wurde verpasst das Blut der beiden Beamten zu untersuchen, was Heribert Kronhagen im Nachhinein Hatterer anlastet, obwohl der zu dem Zeitpunkt vom Fall abgezogen war.

Spencer Law der neben seinen militärischen Ausflügen im Orient auch in Guatemala und Honduras unterwegs war, hat dort bei den Eingeborenen in den Bergregionen die große Kunst des Blasrohrjagens erlernt. Auch die verschiedenen Giftmischungen kannte er und er war ein überaus guter Schütze.

Er fuhr mit ausgeschaltetem Motor den Berg hinunter. Lautlos stiegen beide aus ihrem Fahrzeug und näherten sich auf fünf Meter an. Die beiden Polizisten saßen auf einer Wirtshausbank, die Arme verschränkt im Tiefschlaf. Es war ein leichtes die Giftpfeile mit dem Schlafmittel abzuschießen.

Yogi Weber bekam einen Anruf von Arne Hatterer. „Du glaubst es nicht. Ich bin gerade auf dem Weg zum Airport nach Nürnberg um Elsa abzuholen!" Yogi fragend „Elsa kommt sie wieder zurück?" „Ja, aber pass auf. Neben mir auf der Autobahn in der Nähe von Schlüsselfeld fährt in einem VW Crafter Ramona Wilke und Spencer Law. Sie fährt und er zielt auf mich." Yogi hörte den Schuss, dann einen fluchenden Hatterer. Bremsgeräusche und danach einen lauten Knall, der sich anhörte als wäre jemand von hinten in Hatterers alten Fokus aufgefahren. Stille. Nach fünf Minuten bekam Yogi erneut einen Anruf von seinem Chef. „Er hat mir die rechten Reifen zerschossen, musste bremsen, der Fokus ist ausgebrochen und mir ist so ein Penner reingefahren. Lös bitte die Fahndung aus. Weißer VW Crafter mit bulgarische Nummer CF 1284 EG. Der Fahrer ist im hinten im Fahrzeug, vermutlich gefesselt. Sie dürften jetzt auf der Höhe der Ausfahrt Höchstadt/Nord sein."

Aycut Coşkun, der auch schon mal in Kitzingen als Streetworker bei muslimischen Migranten und nicht nur dort eingesetzt war, bekam von der Leitstelle einen Anruf, dass auf seiner Heimfahrtroute eventuell ein Weißer Crafter mit bulgarischen Kennzeichen CF 1284 EG, unterwegs ist. Bitte nur Verfolgung aufnehmen. Fahrer und Beifahrer seien bewaffnet und würden auch nicht zögern diese zu benützen. Eine übergelaufene Polizistin, die er vielleicht noch aus seiner Kitzinger Zeit kennen könnte, steuert das Fahrzeug.

„Sag jetzt bitte nicht, dass es Ramona ist!" „Doch!" „Fuck!" Sofort hatte er die Bilder vom schönsten Schäferstündchen seines Lebens im Kopf. Seinerzeit haben Ramona und er zeitgleich ihren Dienst in Kitzingen begonnen und wohnten ein paar Tage in einer WG zusammen.

Nach wenigen hundert Meter sah er den Crafter. Er fuhr vor ihm in einen Waldweg. Ramona und Spencer Law war klar das Hatterer Großalarm ausgelöst hat. Sie wollten sich im Wald erst einmal verstecken. Aycut Coşkun bog ebenfalls in den Waldweg ein und verfolgte sie, was den beiden im Crafter natürlich nicht verborgen blieb.

Unvermittelt drückte Ramona die Bremsen. Aycut Coşkun stieg aus dem Auto und zog seine Dienstpistole und rannte die wenigen Meter zum Crafter. Ramona hatte das Fenster heruntergelassen und sagte zu Aycut: „Das ist doch mal ein Wiedersehen!" „Komm raus, ihr seid gesuchte Millionendiebe. Wo steckt dein Komplize?" Der stand urplötzlich hinter Aycut. Lautlos ist er ausgestiegen und ebenso geräuschlos hinter den Höchstädter Polizisten geschlichen. „Flossen hoch, sonst bist du tot. Ich glaube nicht, dass Ramona jetzt aussteigt." „Aycut leg die Waffe weg, der zögert nicht lange." Sie fesselten ihn mit den letzten Kabelbinder und steckten ihn ebenfalls hinten in den Laderaum des Buses, wo schon der bulgarische Fahrer lag." „Sorry, wir nehmen jetzt deine Karre!" Nach drei Minuten fuhren sie wieder Richtung Landstraße und von dort auf die Autobahn. Der Privatjet wartete noch in Nürnberg.

Im Autoradio in den Nachrichten wurde von ihrer Flucht berichtet. Bayern München ist in der Champions League ausgeschieden und in den Intensivstationen der Krankenhäuser wird über eine baldige Triage nachgedacht. „Weißt du was das ist? Eine Triage!", fragte Ramona die den Ausdruck nicht kannte. „Auf der Polizeischule nicht aufgepasst!", lachte Spencer Law: „Dann will ich mal klugscheißen. Der Begriff Triage kommt aus dem Französischen und bedeutet sowas wie Auswahl oder auch Sichtung. Im Corona Kontext heißt dass, Junge zuerst, Alte am Schluss. Bei einem 80-jährigen lohnt es sich halt nicht mehr. Verstehst du was ich meine?" „Ja, so ungefähr." Sie hatten noch knapp 40 km vor sich.

Hatterer war aus dem Rennen. Ein Polizeiauto brachte ihn auf die Polizeiinspektion Höchstadt. Ein schmuckloser Backsteinbau am Rande der Stadt. „Setzen sie sich bitte. Wie war das jetzt? Aus einem Fahrzeug wurde auf sie geschossen?" Hatterer war außer sich und blaffte lautstark: „Kollegen, sehe ich so aus als würde ich irgendetwas erfinden wollen. Nur weil mir jemand in die Karre gefahren ist. Es ist so wie ich es gesagt habe!" In diesem Moment kam die Meldung, dass der Crafter mit zwei gefesselten Personen gefunden wurde. „Der eine davon ist unser Mann!" rief ein aufgeregter Beamter. Der ältere Dienststellenleiter, der vor ein paar Jahren, aus Nürnberg in die mittelfränkische Provinz versetzt wurde, weil es in Nürnberg nicht so ganz geklappt hatte fragte ratlos: „Was ist denn da los? Was für ein Kollege soll das denn sein?" es herrschte ein heilloses Durcheinander auf der Wache. „Es ist Aycut Coşkun und die Gangster sind jetzt mit seinem Wagen geflüchtet!" Hatterer hielt sich kurz die Hände vor das Gesicht und sagte dann laut und bestimmt, dass er jetzt übernimmt. Er fragte nach Typ, Kennzeichen und Farbe des Wagens mit dem die Beiden weitergefahren sind und gab eine nordbayernweite Fahndung heraus. Was aber nicht mehr viel nützte, da die Beiden schon am Albrecht-Dürer-Airport in Nürnberg angekommen waren. Hatterer rief Yogi auf der Kitzinger Wache an und sagte ihm, er solle die

Personalien der beiden Flüchtigen an die Flughafen-
polizei nach Nürnberg durchgeben und das mobile
Einsatzkommando verständigen. „Eigentlich haben
die zwei keine Chancen! Das sollen jetzt die Nürnberger Kollegen übernehmen." Aycut Coşkun kam zur
Türe rein. Er schaute Hatterer mit großen Augen an.
„Salam aleikum großer Meister was treibt sie nach
Höchstadt?" Der große Meister musste lachen. Er
hatte sich mit Aycut immer gut verstanden in der Zeit
als er in Kitzingen als Streetworker bei ihnen auf der
Dienststelle tätig war. „Aleikum asalam, lange Geschichte. Es sind wahrscheinlich dieselben Täter dafür verantwortlich, dass ich hier bin und die dich, in
den Crafter gesperrt haben. Scheiße, ich muss nach
Nürnberg und Elsa abholen!" „Wer ist Elsa!" fragte
Aycut. „Das ist noch eine viel längere Geschichte.
Kannst du mich nicht nach Nürnberg fahren mit einem Dienstfahrzeug? Habt ihr hier überhaupt sowas?
Du willst doch auch wieder dein Auto unbeschadet
zurückhaben und nicht von Kugeln des MEK durch-
siebt!" Der Satz zog und der Chef der Dienststelle
der sich im Vorfeld ziemlich bescheiden verhielt, gab
Aycut den Schlüssel für das einzige Zivilfahrzeug der
Wache. „Ich komme aber mit!" Sie fuhren noch bei
Aycuts Wohnung vorbei um den Ersatzschlüssel zu
holen. „Für alle Fälle. Man weiß ja nie!"

Spencer Law und Ramona Wilke stellten Aycuts
Mühle auf dem Wanderparkplatz im östlichen Teil

des Reichswaldes ab. Law telefonierte mit seinen Auftraggebern und bekam die Mobile Nummer des „Buschpiloten" der sie ausfliegen sollte. Dabei stellte sich heraus, dass sie am völlig falschen Ende des Airports standen. Gib mal Irhainstraße Ecke Flughafenstraße in dein Navi ein, da steht die Maschine." Die beiden konnten nicht wissen, dass Ramonas Handy überwacht wurde und die Einsatzzentrale Aktivitäten der Beiden so genau mitverfolgen konnten. „Die Beiden wollen zu den Learjets. Anscheinend wartet dort jemand auf sie!" „Leichte Übung!" sagte der Einsatzleiter des MEKs. Im ersten Moment sah es ja wirklich leicht aus.

Law nahm Ramonas Handy und schmeißt es auf einen vorbeifahrenden Gärtnerei-Transporter mit frischem Grünschnitt. „Lass uns abwarten, ob die die Kröte geschluckt haben! „Das Höchstädter Dreierteam mit Hatterer und Aycut fuhren von der Ausfahrt Nürnberg/Nord ab. Sie wollten keine direkte Konfrontation. Hatterers Handy klingelte. Es war Elsa. „Wo steckst du, warte schon eine halbe Stunde auf dich!" Hatterer überlegte während er mit Elsa sprach. „Hallo Elsa, ich bin schon hier. Aber wie es der Zufall will auch zwei Gangster denen ich auf der Autobahn begegnet bin. Sie haben mir die Reifen zerschossen. Lange Geschichte. Wie können wir es machen? Wir nähern uns von Osten dem Airport. MEK ist auch im Einsatz. Ich weiß jetzt nicht wo die Kollegen und die

Gangster stecken. Am besten, du wartest am Eingang des Airports. Ich komme vorbei. „Sag, dass das jetzt nicht wahr ist. Hatterer du weißt schon, dass es ziemlich kalt ist, ich warte drinnen. In Neuseeland und im Flieger wars mollig warm!" „Wie jetzt? War das ein Direktflug nach Nürnberg?" „Hatterer immer noch derselbe Einfallspinsel. Ich habe dir doch geschrieben, dass ich über Heathrow komme. Egal. Ich warte. Du wirst mich schon finden. Wie geht's Delcy?" „Wie solls ihm schon gehen, wenn sich seine Mutti drei Jahre nicht um ihm gekümmert hat!" Hatterer drückt das Gespräch weg.

„Da steht mein Auto!" schrie Aycut. „Scheiße. Da sind die beiden bestimmt nicht weit!" „Ich fahre dann gleich wieder zurück nach Höchstadt!" Sagte der Dienststellenleiter der dortigen Wache. Du hast doch einen Schlüssel dabei." „Ay Alder, wieso sind wir bei mir an der Wohnung vorbeigefahren?" Hatterer und Aycut stiegen aus und musterten den weinroten BMW. Es schien alles in Ordnung zu sein. Der verängstige Chef drehte mit seinem Fahrzeug und fuhr winkend und mit durchdrehenden Reifen davon. *Ja du mich auch.* Zwei Flaschensammler fuhren mit ihren Rädern vorbei, die Klingel war noch das leistete an den alten „Gartenstühlen". Die beiden Beamten stiegen ins Auto, nach wenigen hundert Metern wurden sie angehalten. Schwarz gekleidete Männer mit Sturmgewehren und schwarzen FFP2 Masken stürzten auf sie zu. „Auf den Boden", wurde geschrien und ein Mann kniete auf Hatterers Rücken. „Au, geh runter wir sind hier nicht in Kenosha. Wir sind Polizisten. Hatterer aus Kitzingen und das Aycut Coskun aus Höchstadt. Mach den scheiß Kabelbinder wieder ab, schau in meine Brusttasche da ist mein Ausweis." Die Flaschensammler radelten vorbei. Vom Fahrrad der Frau viel scheppernd ein Plastiksack mit Pfandflaschen herunter. Sie ließ ihn einfach liegen und bog mit ihrem Begleiter in einen Waldweg ab. „Können wir weiterfahren. Ich mache euch keine Vorwürfe. Ich weiß, ihr geht eurer Dienstpflicht nach!" Der stämmige Kollege schien zu lächeln. Hatterer konnte es wegen der Maske nicht genau erkennen. Aycut startete den Motor und sagte zu Hatterer, dass die Frau ein bisschen Ähnlichkeit mit Ramona gehabt hätte. „Ist dir auch aufgefallen!" „Ja aber die sammelt doch keine Flaschen. Flaschen sammelt man doch am Morgen. Oder?!" „Eben! Du siehst schon Gespenster!" Beide schauten sich an. „Scheiße!" Nach fünf Minuten waren sie am Flughafen Eingang. Hatterer stürmte hinein.

„Wo bleibst du denn!", fragte Elsa ungeduldig und vorwurfsvoll. „Keine Zeit jetzt, draußen steht ein weinroter BMW, steig dort ein. Frag nichts. Mach einfach die Augen zu. Du bist mitten in einem Einsatz!" „Waaas!" „Jetzt geh schon!"

Aycut verständigte derweil die Einsatzleitung mit dem was er gesehen hatte.

Ein Jogger fand zwei gefesselte Menschen hinter einem Gebüsch liegen.

Das sind bestimmt die beiden echten Flaschensammler, hörten die Einsatzkräfte im Funkverkehr. Dann ging alles ziemlich schnell. Eine SEK Gruppe nährte sich dem Learjet und nahm Piloten und Co-Piloten fest. Die Männer und Frauen der zweiten Einsatzgruppe überwältigten Ramona Wilke und Spencer Law auf den alten Fahrrädern. Elsa war live dabei.

Nach dem Abklären verschiedener Einzelheiten konnten Hatterer und Coşkun abziehen. „Soll ich euch nach Kitzingen fahren?" „Wenn es dir nichts ausmacht, mein Fokus ist ja im Eimer!" Aycut setzte das Blaulicht aufs Dach und brauste davon. „Der Blitzmarathon ist ja erst morgen!" stellte er lachend fest. Nach fünfzig Minuten waren sie in Kaltensondheim. Hatterer zeigte Aycut einen Parkplatz von wo aus er von der Autobahn runterfahren konnte und nach nur zwei Kilometern waren sie zu Hause. „Danke Aycut, wenn es dir in Höchstadt nicht mehr gefällt, komm zu uns. Das Wetter ist eh besser in Mainfranken!" „Ich überlegs mir. Richte Marlene schöne Grüße aus. Ohne sie wäre ich ein Pflegefall!"

Elsa Menzel ging in den Garten und atmete tief durch. Nachbar Schleret kam angewatschelt. Hatterer stellte die beiden Koffer ab. „Wie ist das jetzt mit uns Arne, bist du mit einer anderen liiert oder wie geht's weiter mit uns!" *Die hat Nerven.* „Mit uns geht es überhaupt nicht weiter. Du kannst aber erst einmal hierbleiben, bis du einen Job und eine Bude hast!" Schleret winkte Hatterer zu sich, sagte zu Elsa kurz Hallo und flüsterte dann Hatterer ins Ohr, dass er wieder im Spiel ist. Hatterer schaute ihn fragend an und dachte *was für ein Spiel, was meint er.* „Ich meine die Lehrerin, sie mag mich doch!" „Okay. Good Luck! Muss mich jetzt um Elsa und alles andere kümmern. Wir reden demnächst. Machs behutsam. Tu bitte Renate nicht weh!"

Derweil verzweifelte das Verhörteam des SEK und der Kriminalpolizei an der Frage wo sich der Ring befindet.

Bei den getrennten Verhören machte Ramona Wilke folgende Aussage: „Von was reden sie, wir haben keinen Ring. In Kitzingen im Tresor des Juweliers hat sich kein Ring befunden. Eigentlich sollten sie uns auf freien Fuß setzen. Aber warten sie bis unsere Anwälte kommen, die werden es ihnen bestimmt dann genau erläutern und schriftlich geben. Ich werde jedenfalls nichts mehr sagen. Ich wurde entführt und habe zum Schein mitgespielt um den Ring wieder zu beschaffen, aber es gab keinen Ring den ich hätte beschaffen können!" Den Ermittlern sträubten sich die Haare. Spencer Law sagte gar nichts. Auch ihm konnte man nicht viel anhaben. Ohne Ring kein schwerer Raub. Die Wachleute waren eingeschlafen und für die Drohung gegen das Juweliers Ehepaar stand Aussage gegen Aussage. Trotzdem verhängte der Ermittlungsrichter Untersuchhaft für Beide. „Ramona Wilke beschuldigt sie den Ring zu haben!" „Netter Versuch!" Law lächelte. „Kann ich ein Wasser haben und machen sie mir bitte die Handschellen ab!"

Hatterer hat am Abend noch Hildie angerufen, die dann mit Delcy am nächsten Morgen vor der Türe stand.

Die weiteren Befragungen und Verhöre ergaben keine weiteren Erkenntnisse, der Ring blieb verschwunden.

Ramona Wilke bekam in der Untersuchungshaft Besuch von Polizeimeister Silas Scheck.

Die Hausärzte impften was das Zeug hergab. Die Politik kämpfte mit dem neuen Gesetz. Markus Söder zieht seine Kanzlerkandidatur zugunsten von Armin Laschet zurück. Die Grünen wollen mit Annalena Baerbock ins Rennen um das Kanzleramt bei der Bundestagswahl im September gehen. Der

Bayerische Fußballbund beendet offiziell die Saison 2019/21, ein Trauerspiel. Wann es mit dem Amateurfußball weitergeht weiß kein Mensch. Außengastronomie bleibt auch weiterhin geschlossen und bei den Inzidenzwerten kennt sich niemand mehr so recht aus. Irgendwie herrscht totales Chaos. Einkaufen im Einzelhandel geht nur noch mit negativem Test. Aldi und Lidl haben noch nie so viel Klamotten verkauft wie im letzten halben Jahr. Die geplante Superliga im Fußball sorgt für viel Aufsehen. Top-Klubs aus ganz Europa planten wohl vergebens. Die Fans und Anhänger protestieren massiv dagegen. Die Wahl der neuen Fränkischen Weinkönigin wird abermals verschoben. Die amtierende Weinkönigin Carolin Meyer aus Greuth bei Castell bleibt bis dahin im Amt. So lange wie sie war noch niemand Fränkische Weinkönigin. Hatterer besorgt Elsa eine neue Wohnung. Es wird das Haus sein, in dem sich die beiden Litauer unrechtmäßig niedergelassen hatten. Sie wird damit direkte Nachbarin von Marlene Rupisch. Apropos Litauer. Die beiden Brüder werden wegen schweren Raubes, Körperverletzung, Verstoß gegen das Hygienegesetz, Verkehrsvergehen und einiges mehr angeklagt. Zehn Jahre werden da wohl locker zusammenkommen.

Der Staatsanwaltschaft gelang es nicht Ramona Wilke und Spencer Law den Diebstahl des Ringes nachzuweisen. Law wird wohl wegen

Körperverletzung, versuchten Todschlags und ein paar anderen Kleinigkeiten wie das Abhören der Polizeidienststelle, angeklagt werden, wenn er Pech hat werden die Schüsse auf der Autobahn die er auf Hatterers Reifen abgefeuert hat als Mordversuch gewertet. Dann wird es eine längere Zeit im Knast werden. Ramona Wilke kann ihren Polizeikittel an den Nagel hängen. Sie wird vielleicht mit einer Bewährungsstrafe wegen Beihilfe davonkommen. Aber sicher ist das nicht. Sie muss an den Spruch denken: „Vor Gericht und auf hoher See ist man in Gottes Hand!" Vor allem auch weil den beiden Flaschensammlern ein cleverer Anwalt geraten hatte, wegen Körperverletzung zu klagen und ein kräftiges Schmerzensgeld zu verlangen.

Yogi Weber und Mathilda Gamroth bekamen Besuch von Urlaubsbekanntschaften. Zwei Tage später rief der Mann des Paares bei Yogi Weber an und teilte seine positive Covid Erkrankung mit. Yogi und Mathilda machten noch am Abend einen Selbsttest. Beide waren sie Positiv. Sie riefen bei Hatterer an: "Na Bravo! Ihr geht morgen früh gleich ins Testzentrum und lasst euch testen! Ab acht Uhr könnt ihr dahingehen." Hatterer verständigte seine direkten Vorgesetzten. „Wenn die Beiden wirklich ausfallen sollten, brauche ich Ersatz. Ich hätte da schon jemand im Hinterkopf!"

Es kam wie es kommen musste. Für Yogi bedeutete es einen mittelschweren Verlauf, der in einer Lungenentzündung seinen Höhepunkt erreichte.

„Mensch Hatterer bin ich froh, dass ich von der popligen Wache jetzt weggekommen bin!" Aycut strahlte, als Hatterer dem kleinen Rest seiner Mannschaft mitteilte, dass er der neue Kollege ist. „Wir sind aber immer noch zu wenig. Seltermann und Weingart sind ja ebenfalls abgezogen worden!", stellte Marlene fragend, mit sorgenvoller Miene fest. „Frag doch mal deine Ex, sie ist doch wieder in Kitzingen oder habe ich mich heute Morgen beim Morgenspaziergang versehen. Sie wohnt doch jetzt in dem Haus wo wir die Litauer festgenommen hatten. Das dies überhaupt so schnell gehen konnte. Sie war jedenfalls eine gute Kriminalbeamtin. Das andere interessiert mich nicht!" „Kannst du sie mal anrufen? Ich schreibe dir ihre neue Handynummer auf! Übrigens habe ich einen Anruf der Gefängnisleitung der Justizvollzugsanstalten Amberg erhalten, dass Ramona Wilke Besuch von unserem werten Streifenkollegen Silas Scheck erhalten hatte. Ich ordne deshalb an, dass wir unseren Kollegen für ein paar Tage überwachen. Der millionenschwere Ring ist ja noch immer verschwunden."

„Du meinst wirklich, dass Ramona den Ring irgendwo versteckt hat und Silas Scheck ihn jetzt ausgraben bzw. suchen soll?" „Kann doch sein Marlene. Silas war ihr doch immer, ich will fast sagen hörig gewesen. Was ich so immer beobachtet habe. Die heimliche Knutscherei im Keller. Beide wollten doch immer auch gemeinsam Nachtschicht machen. Kann mir schon vorstellen was die da gemacht haben!" Aycut lachte und meinte, dass er auch mal kurz etwas mit der süßen Ramona hatte. Dann sagte er etwas ganz Wichtiges. „Mein Auto, das mir die beiden abgenommen hatten, stand doch auf diesem Wanderparkplatz am Ende des Airports. Kurz danach wurden wir angehalten. Dann fahren die Beiden wie wir jetzt wissen als Flaschensammelnde Personen verkleidet an uns vorbei. Kurz danach wurden die beiden festgenommen und getrennt voneinander durchsucht. Da war der Ring schon nicht mehr bei Ihnen. Ergo denke ich, dass es doch sein könnte, dass sie ihn irgendwo auf dem oder in der Nähe des Parkplatzes vergraben hatte." „Hört sich gut an Aycut! Eigentlich logisch. Wir müssen es schaffen Silas irgendwie zu überwachen. Apropos Überwachung. Spencer Law hat uns ja abgehört. Wie er das angestellt hatte, weiß ich noch nicht. Er hat es jedenfalls so ausgesagt und der Techniker der das letzte Woche wieder in Ordnung gebracht hatte, hat dies bestätigt. Ohne Ring wird Ramona wohl auf Bewährung freikommen und bekommt sicherlich noch eine Haftentschädigung. Law denke ich wird Jahre einfahren."

Die Gerichtsverhandlung Anfang Juli ergab ein anderes Ergebnis. Ramona Wilke wurde zu drei Jahren verurteilt. Beihilfe zu einer Entführung, Diebstahl, Beihilfe Körperverletzung und einiges mehr. Spencer Law wurde gar zu zehn Jahren Kerker verurteilt, die Beihilfe fiel bei ihm weg. Aber versuchter Totschlag in zwei Fällen kam hinzu. Dazu der gestürzte Radfahrer. Den kaltblütigen Mord an Anton Bluvsteinas konnte ihm nicht nachgewiesen werden. Die Anwälte der Beiden wollen in die Berufung gehen.

Hatterer war unterdessen froh darüber, dass sich Elsa Menzel wieder vermehrt um ihren gemeinsamen kleinen Sohn Delcey kümmerte. In den Polizeidienst wollte sie aber nicht mehr gehen. Aufgrund ihrer Kenntnisse, die sie in einer Kartonagen- und Holzverarbeitenden Firma in Neuseeland gesammelt hatte, bekam sie einen gut bezahlten Job in einer Fabrik die Pizzakartons und andere Kartonverpackungen herstellte.

Hatterer konnte aber trotzdem einen alten Bekannten auf der Dienststelle begrüßen. Eduard Gersteg, hatte vor etlichen Jahren seinen Dienst quittiert. Er wurde Modeblogger, Influencer und vertrieb hochwertige Männermode. Das Geschäft war dann in der Pandemie stark eingebrochen, die Leute sparten und er verkaufte nichts mehr. Zehn Euro für die Jeans bei Lidl oder Aldi, da konnte er nicht mithalten.

Hildegart Zeiher war mittlerweile bei ihrem Traummann in Kaltensondheim eingezogen. Von Isabella bekam dieser die Nachricht, dass sie nicht mehr zurückkommt. Großtante Petra ging es wieder ganz gut. Sie ging jetzt öfters mit Nachbarin Renate Schleret spazieren. Beide ahnten und wussten es aber nicht, dass Renates Mann eine Liebesbeziehung mit der pensionierten Dorflehrerin eingegangen ist. Sie kochte ihm weiter seine geliebte Zitronenmousse. „Solange er bei mir bleibt ist mir das egal was er so mit der Schlampe treibt!"

Eva Kraus und Gabriel Dietz waren derweil glücklich, dass das Verfahren gegen sie wegen Unterschlagung von Beweismittel wegen Geringfügigkeit eingestellt wurde. Und auch ihre ehemalige Putzfrau Gerlinde Dürnfelder hat mit ihrem Sauerdeech ihr Glück gefunden.

Aycut Coşkun hatte die Aufgabe übernommen an Silas Schecks Jeep einen Sender anzubringen. Nach zwei Wochen gab es keine auffälligen Fahrten zu verzeichnen. „Vielleicht haben wir uns da auch getäuscht und Silas hat Ramona nur wegen ihrer früheren Liebesbeziehung besucht." In ihren Büroräumen bekamen sie kurzzeitig Besuch von Beamten der Brandfahndung Würzburg. Diese hatten nach dem Brand in einer Firma in Abtswind ihre Zelte kurzfristig bei ihnen aufgeschlagen. Aycut war sehr interessiert. Die

Ursache des Brandes war ein technischer Defekt an einer Maschine die das Feuer am Montagmorgen ausgelöst hatte und dabei erheblichen Schaden anrichtete. Dann plötzlich große Aufregung. Silas Scheck war auf dem Weg Richtung Nürnberg. Jedenfalls zeigte das der Trigger an. Mit zwei Autos fuhren Hatterer, Marlene, Gersteg und Aycut los. Marlene und Aycut auf der Landstraße und Hatterer und Gersteg auf der Autobahn. Als die beiden in Geiselwind an den halbfertigen Schallschutzwänden vorbei fuhren stöhnte Gersteg irgendetwas von Geldverschwendung und Frevel für die Anwohner. Die bereits gebauten Schallschutzmauern müssen wegen Instabilität wieder abgerissen werden. Aber darüber hatte sich Hatterer schon aufgeregt. Dann per Funk die Nachricht, dass sie auf das Gas drücken sollen, Silas wäre in einer Viertelstunde vor Ort. Hatterer benachrichtigte die Kollegen in Nürnberg, dass diese einmal am Wanderparkplatz auffällig vorbeifahren sollten. Als sie von der Ausfahrt Nürnberg Nord kommend auf die Kalchreuther Straße einbogen, dann die Nachricht über Funk, dass der blaue Jeep mit Kitzinger Kfz-Nummer auf dem Parkplatz steht. „Wo fahrt ihr jetzt?" Marlene gab zur Antwort, dass sie gerade an der Tierklinik vorbei gefahren sind. „Noch ca. 5 Kilometer, so 10 – 15 Minuten wird es schon noch dauern!" „Okay, so wie ich das sehe müsst ihr euch in der Rathsbergstraße postieren, wir kommen von hinten dann kann er uns nicht entkommen. Der Wagen steht. Schätze mal das er in den Wald gegangen ist um den Ring zu suchen!" „Alles Paletti Chef!"

Silas musste nicht weit gehen. Ramona hatte ihm gesagt, dass der Ring am vorletzten Lichtsignalmast des Airports vergraben ist. Sie hatte nicht viel Zeit als sie vorgab, dass sie Pipi machen musste und Spencer Law war sehr misstrauisch. Als dieser die Flaschensammelnden von den Rädern zog und mit Kabelbindern fesselte, nützte sie das aus. Er hatte sogar noch die Nerven ihr zu erzählen, dass seine Truppe im Irakkrieg den Gefangenen immer noch eine Handgranate, in die auf den Rücken gefesselten Hände gelegt hatten. „Wenn diese sich dann befreien wollten stiegen sie nicht selten zu den Jungfrauen auf!" „Du bist ein Schwein!", hatte sie zu ihm gesagt. „Das ist also dein wahres Gesicht!"

Mist, dachte Silas als er kurz vor den Masten stand. Der Zaun war wieder repariert worden. *So komme ich da nicht weiter, ich brauche einen Bolzenschneider.* Er suchte mit dem Smartphone nach dem nächsten Baumarkt und fuhr los. Grobe Richtung Röthenbach. Hatterer hatte die Szene mit dem Feldstecher beobachtet. Er gab es an Marlene durch, dass sie mit ihrem Fahrzeug aus der Sichtweite ein gutes Stück zurückfahren sollen. „Der braucht Werkzeug! Wir warten." Nach gut zwei Stunden war Silas wieder zurück.

Er musste einen Schnelltest machen. Dabei musste er warten bis er an der Reihe war und dann das Ergebnis vorlag. Er war erst einmal geimpft und das zählte noch nicht. Alles ziemlich umständlich das Einkaufen im Freistaat in der Zeit der Pandemie. Als er zurück kam ging es sehr schnell. Er zwickte sich einen Durchgang frei und buddelte unter dem zum Flugfeld zugewandten Sockel das Plastiktütchen mit dem Ring aus. Die Sonne schien mittlerweile. Gleißendes Gold sah Hatterer kurz aufblitzen. „Er hat ihn! Wenn er am Wagen ist, nehmen wir ihn fest!"

Bingo dachte Silas. Er schmiss den Bolzenschneider in den Kofferraum seines Jeeps. Dann sah er seine vier Kollegen der Kitzinger Dienststelle aus allen Richtungen auf sich zu stürmen. *Fuck. Was mach ich.* Er fackelte nicht lange und versuchte den Ring zu schlucken. Er spülte mit einem Rest Mineralwasser nach das er im Seitenfach stehen hatte. Gersteg war als erster bei ihm und riss ihm die Flasche aus der Hand. Er beugte Silas nach vorne und Hatterer klopfte wie ein Berserker auf dessen Rücken. *Zu spät.* „Scheiße! Jetzt müssen wir warten bis es in der Schüssel klappert."

Silas machte keinerlei Angaben. Hatterer veranlasste, dass er ins Gefängniskrankenhaus Würzburg verlegt wurde. Er hoffte, dass die Ärzte dort Mittel und Möglichkeiten haben die Ausscheidungen von Silas aufzufangen um den Ring aufzustöbern. Am Abend zeigte die Röntgenaufnahme, dass der Ring sich bereits auf den Weg in den Dickdarm gemacht hatte. Silas wurde in einen geräumigen Raum mit Tageslicht das weiß gefliest war geführt. Ein korpulenter Gefängniswärter mit weißer FFP2 Maske sollte mit viel Wasser nachhelfen das es etwas schneller ging mit der Ausscheidung. Silas war mit einem Kabelbinder gefesselt. Als er auf einem kleinen Drehstuhl sitzend den großen Trichter sah, bittet er den Wärter ihm die Fesseln abzunehmen. „Ich mache dir keine Probleme aber ich möchte menschenwürdig scheißen, wenn du weisst was ich meine!" „Hmm. Was soll schon groß passieren. Hier kommst du sowieso nicht raus!" Silas hatte längst die Lage gecheckt, sowie seine Hände frei waren stieß er den Mann um, rannte auf die Toilette und erleichterte sich. Da er jeden Tag am Morgen zum Frühstück ein Müsli mit Weizenkleie verdrückte, ging das ziemlich schnell. Bevor der Wärter wieder auf den Beinen war hörte dieser die Toilettenspülung. *Fuck.*

Hatterer ist angepisst über so viel Dummheit. Now which is it? Er hört auf dem Heimweg den er zu Fuß antritt I Wish You Were Here in der Version von Alpha Blondy und er kann schon wieder lachen. Auch über die Tatsache, dass Beamte seiner Dienststelle mehrere Personen auf dem Sprungturm des geschlossenen Freibad Kitzingen auf der Mondseeinsel festnehmen mussten, da diese trotz mehrmaligen Aufforderns nicht herunterkamen. Morgen wird er seiner Kollegin Marlene Rupisch einen *Heuchlerbesen überreichen. Ihre Beförderung ist trotz der misslungenen Aktion in Kraft getreten.

Auch die Kraft des Virus lässt nach. Die Impfungen zeigen Wirkung. Bald sind Urlaubsreisen wieder möglich. Auch Biergärten sollen Mitte Mai wieder öffnen dürfen. Die Ereignisse und die Öffnungen überschlagen sich. Ab dem 21. Mai dürfen Campingplätze und Fitnessstudios wieder öffnen. Hundeschulen dürfen wieder Welpen ausbilden und in vielen Schulen startet wieder der Präsenzunterricht. Wie es weitergeht weiß niemand vorherzusagen. In Indien wurde eine neue Mutante entdeckt. Reisen dahin wurden untersagt. Anbieter von Urlaubsreisen berichteten das Reisen über Pfingsten kein unerfüllter Traum mehr sein müssten. Mittelmeer, Atlantik und sogar richtig weit weg. Eine Große Nachfrage gab es für Mallorca und Kreta ebenso wie für Urlaub in der Dominikanischen Republik. Auch Portugal stand zu Pfingsten hoch im Kurs, selbst die Malediven waren ein Schnäppchen. Hatterer denkt sich beim lesen dieser Nachrichten Bon Voyage und Good Luck.

Epilog

Arne Hatterer und Hildegard Zeiher verlobten sich im Oktober. Im November zeigte Hildie ihrem Hatti ein

Ultraschallbild. Diesmal wird es ein Mädchen. Mit 56 nochmal Vater das kann ja lustig werden.

Die Dienstmütze von Peter Seltermann, dem Verwalter der Asservatenkammer, sitzt immer noch schräg auf dem Kopf. Er freut sich immer noch tierisch, wenn er ein Peace Dope abzweigen kann, um daraus seine berüchtigten Haschplätzchen zu backen. Seine Inventuren und Revisionen kann er wieder alleine durchführen. Hildegard Zeiher hatte wichtigeres zu tun.

Delcy Roedriquez, Polizeichef in Curacao, kennt sich nicht mehr im Beziehungs Wirrwarr vom deutschen Kollegen Hatterer aus. *Zuerst Elsa, dann Isabella und jetzt Hildie. Der hat ja einen wahnsinnigen Verschleiß.* Er musste nach der Videokonferenz schmunzeln.

Renate Schleret und Großtante Petra freundeten sich immer mehr an. Sie erkundeten zusammen wann die richtige Mondphase zum Pflanzen von Radieschen oder Bohnen ist. Sie fanden heraus, dass es wichtig ist, die Samen mit dem eigenen Speichel einzuweichen, dann in den Boden stecken und mit den nackten Füssen feststampfen. Als Hatterer das nach einem langen, arbeitsreichen Tag auf der Dienststelle sah, verstand er auch die Trostsuche von Herbert Schleret bei der pensionierten Dorflehrerin. Mehr wollte er aber auch nicht dazu sagen und denken. Man muss halt dran glauben.

Die Frau von Silas Scheck reichte die Scheidung ein. Er verlor seinen Job bei der Polizei, bei der Gerichtsverhandlung wurde er mangels Beweise freigesprochen.

Ein ehemaliger Flüchtling aus dem Irak, der in Münsterschwarzach einige Zeit im Kirchenasyl war und sein Gastgeber Bruder Moses deswegen vor Gericht stand, fand einen Arbeitsplatz im Klärwerk von Kitzingen. An einem heißen Tag Ende Mai sah er im Klärschlamm etwas funkeln. Mit dem dafür bereitstehenden Käscher holte er einen Ring heraus. Er war zwar ziemlich schwer, sah aber doch irgendwie unecht aus. Er schenkte ihn seiner kleinen Tochter. Die wiederum bittet ihren Vati den Ring aufzuschneiden damit er um den Bauch ihrer Barbiepuppe mit dem pinken Kleidchen passte.

Autoschrauber Ansgar Willinger bekommt ein unseriöses Angebot. An einem blühenden Weißdornbaum in der Brunnensteige gelehnt wartet er auf einen Kunden. Pappatakis Katastropholus hat angeblich einen größeren Fuhrpark mit Gardinenwaschfahrzeugen die Europaweit unterwegs wären. Ansgar ist skeptisch gewesen, eigentlich wollte gar nicht zum Terminkommen. Aber eine kleine Zigarettenpause ist ja auch nicht schlecht. Pappas ist pünktlich, von den

Fahrzeugen ist nicht mehr die Rede. „Ich kann dir Impfpass verkaufe. Machte mein Papa in Griecheland Stück koste nur 200.- Euro!" Ansgar muss lachen. Er drückt seine Zigarette aus und geht wortlos zu seinem Auto.

Rudi Weingart und sein Hund Yoda können einen Drogendealer dingfest machen. Es war mehr ein Zufall. Yoda, der auch eine abgebrochene Ausbildung als Drogenspürhund hinter sich hat, verbellte sich beim Spaziergang am Main. Gegenüber der Realschule, in der von Online auf Präsenzunterricht umgestellt wurde, hing ein Rucksack an einem Geländer am Main. Der Dealer kam angerannt als Weingart den Rucksack checkte. Der Rest war routinierte Formsache.

Die Brüder Gintanas und Linas Jaskaunas erfahren von der Verhaftung des Weißrussischen Bloggers Roman Protassewitsch in einer Ryanair-Maschine in Minsk im Gefängnis. Die Welt ist empört und die Beiden müssen eine langjährige Gefängnisstrafe absitzen. Beim Hofgang unterhalten sich die Beiden. Gintanas sagt zu Linas das sie hier im deutschen Knast wie im Grand Hotel untergebracht wären. „Wenn ich an die arme Sau Protassewitsch denke. Den machen sie doch in ihrem Mittelalterkerker tot."

Ludwig Saal aka „Goldenes Blatt" beobachtet weiter seine Mitmenschen. Meistens sitzt er in der Sonne auf einer Bank am Froschbrunnen vor der alten Mainbrücke.

Flaschensammlerin Jelena sammelt weiterhin Flaschen und Dosen. Ihr Business ist Ende Mai wieder richtig gut angelaufen. Die Leute feiern wieder im Freien. Sie muss nur früher Aufstehen als die städtischen Straßenkehrer, sonst wären die Pfandflaschen weg. Ihr fehlen noch 800 Euro, dann will sie sich die Zähne machen lassen.

Hildegart Zeiher sollte auf Anordnung von Margarete von Severin das Verhörprotokoll mit dem Goldschmied und seiner Frau löschen. Sie tat es aber nicht. Gab es auf Anfrage an dem Anwalt des Goldschmied-Ehepaares weiter. Der wegen dem diskreditierenden Satz eine Dienstaussichtsbeschwerte durchsetzt und ein Schmerzensgeld für seine Mandanten herausholen konnte. Als Dank bekam Hildie vom Goldschied ein kleines Goldenes Kettchen mit einem Herzchen Anhänger das sie dann dem kleinen Delcy schenkte. Kronhagen und von Severin bekamen, für die Verfehlung, eine offizielle Rüge verpasst.

In China wurde derweil erstmals die Infektion eines Menschen mit der Vogelgrippe-Variante H10N3 nachgewiesen. Wie die Nationale Gesundheitskommission am 01. Juni 2021 mitteilte, wurde das Virus bei einem 41 Jahre alten Mann in der ostchinesischen

Provinz Jiangsu gefunden. Es ist der erste Nachweis bei einem Menschen weltweit. Wie mit den Viren weitergeht kann im Moment kein Mensch beantworten.

Erklärungen für Wörter mit Sternchen*

Buterbrod - kommt aus dem Russischen. Allerdings wird jede Art von belegter Schnitte so bezeichnet, Butter ist nicht dazu notwendig.

Dram - armenische Währung

Buddhas Hand - die Fingerzitrone ist eine ungewöhnlich geformte Zitronensorte, deren Früchte in fingerähnliche Abschnitte unterteilt sind, die denen ähneln, die auf Darstellungen Buddhas zu sehen sind.

Kotletka – Russisch für Fleischküchli, Buletten.

Reinrassige Hunde der Rasse „**Malteser**" können einen Wert zwischen 2.000 und 2.500 Euro pro Exemplar haben. Daraus ergibt sich ein Gesamtwert der Tiere, die auf der Autobahn entdeckt wurden, zwischen 20.000 und 25.000 Euro!

Vendée Globe ist eine Non-Stop-Regatta für Einhandsegler, die entlang des Südpolarmeers im Bereich der Roaring Forties einmal um den Globus führt und deswegen als die härteste Einhandregatta der Welt gilt. Start und Ziel liegen an der französischen Atlantikküste. Startberechtigt sind Einrumpfboote der Klasse Open 60. Erfunden wurde die Regatta 1989 durch den französischen Segler und Tiefseetaucher Philippe Jeantot. Seit 1992 findet die Vendée Globe alle vier Jahre statt.

Goldfasan - Bezeichnung für Angehörige des höheren Polizeivollzugsdienstes wegen der goldenen Sterne auf dem Revers. Im Buch Polizeichefin Susanna Porzuck

ty synu dziwiki – Polnisch. Übersetzt heißt das soviel wie – Du Hurensohn.

Charlottenburger – Finger auf ein Nasenloch und den Rotz mit starkem Druck herausdrücken.

Schlerets angesprochene Probleme werden im Buch im "Im Wendekreis des Virus"beschrieben

Figgo - figgo, Mehrzahl: fighi. Die oder der Feige. Jugendsprache

Heuchlerbesen - Umgangssprachlich für Blumenstrauß

Schaumkopf – früher durfte man Mohrenkopf dazu sagen